EL GRAN VIAJE

Editorial Bambú es un sello
de Editorial Casals, SA

Casp, 79 – 08013 Barcelona
editorialbambu.com
bambulector.com

Ilustración de cubierta: David de las Heras
Diseño de la colección: Estudi Miquel Puig

Primera edición: febrero de 2024
ISBN: 978-84-8343-972-2
Depósito legal: B-266-2024

Printed in Spain
Impreso en Anzos, SL
Fuenlabrada (Madrid)

El papel utilizado para la impresión
de este libro procede de bosques
gestionados de manera sostenible.

El gran viaje

VÍCTOR PANICELLO

Proyectos

uidado!

Gracias al aviso, María vio venir la pelota un segundo antes de que le impactara en la cara, lo que le dio el tiempo justo para girarse y que solo le golpeara en el hombro.

–¡Óscar! –gritó Carmen al chico que, al parecer, había chutado con toda su alma, pero con muy mala puntería.

–No he sido yo –mintió el aludido, que se temía una buena bronca.

María reaccionó sin problema. Sus reflejos de juventud la habían salvado de un fuerte impacto. Parecía mentira que, con solo trece años, estos chicos tuvieran tanta fuerza.

–No pasa nada, ha sido un accidente –lo disculpó ella al verlo con cara de susto.

–Perdone –le dijo Óscar con cara de perro apaleado.

–Nada, nada; a jugar...

–¡Ni hablar! –intervino Carmen dejando claro que aquello se había terminado–. Me parece que por hoy ya está bien. Os hemos dicho muchas veces que no se puede jugar tan a lo bruto, así que me quedo con la pelota.

–¡Jo! ¡Menudo rollazo! –soltó el delantero antes de darse la vuelta y volver adonde seguía la acción.

El campo no era muy grande; en realidad, era una pista multiusos en la que los alumnos más deportistas se desfogaban corriendo detrás de un balón durante los veinte minutos que tenían de recreo. En aquel momento se disputaban dos partidos a la vez, con dos pelotas diferentes y dos porteros que trataban de no chocar entre ellos debajo de las maltrechas porterías.

La eliminación de uno de los balones no hizo mella en el entusiasmo colectivo, así que se reagruparon en un solo partido, aunque eso no eliminó la presencia de dos porteros por equipo.

–A este lo tienes en tu grupo, ¿verdad? –dijo Carmen señalando al chico al que acababa de confiscar la pelota–. Es un elemento de cuidado.

–Sí. Es un poco trasto, pero muy simpático.

–Ya, siempre lo parecen al principio.

–Es increíble que se aclaren –dijo María admirada de la coordinación que mostraba aquella multitud de chicos y chicas que corrían como locos sin apenas chocar entre ellos.

–Sí –respondió secamente Carmen.

María la miró de reojo, pero no dijo nada. Eran sus primeros días (no solo en el centro, sino en la enseñanza profesional) y no quería ganarse antipatías entre sus nuevos compañeros, aunque era consciente de que, después de su propuesta en el reciente claustro, a alguno ya no le caía bien.

–¡Aquí! ¡Aquí! ¡Que estoy solo!

–¡Chuta! ¡Chuta!

Los gritos eran ensordecedores en aquella zona donde se situaban los profesores que tenían guardia de patio.

–¡Venga, Laura! ¡Centra!

La chica con el pelo recogido corría como una liebre por la banda, superando todo tipo de obstáculos humanos que trataban de quitarle la pelota o, al menos, frenarla un poco y que ella esquivaba con una agilidad increíble.

–No deja de sorprenderme cómo ha cambiado todo –dijo María intentando entablar de nuevo una conversación–. Cuando yo iba al colegio, ni una sola de mis amigas se metía a jugar al fútbol. En cambio, ahora, por lo menos hay ocho chicas en plena acción.

–Eso es una moda.

–Sí, puede ser –respondió tratando de no parecer una sabelotodo–. Pero ahora hay muchas mujeres que juegan profesionalmente y...

–Quedan cinco minutos –la cortó su compañera poniéndose en pie–. Será mejor que empecemos a recogerlos porque, si no, es difícil que lleguen puntuales a clase.

María estuvo a punto de decirle que los dejara un par de minutos más, pero se contuvo y se dispuso a ponerse manos a la obra.

En aquel momento había dos cursos de primero y dos de segundo de la ESO ocupando todos los espacios disponibles. Además de los que estaban en la pista, era fácil localizar al resto de alumnos. Al fondo, bajo la sombra de dos enormes árboles que llevaban allí casi desde que se inauguró el instituto, estaban las otras chicas de segundo; la mayoría de ellas no participaban de los partidos y tecleaban constantemente en el móvil.

Mientras Carmen disolvía como podía al grupo de deportistas, María observaba ese rincón donde las alumnas (algunas iban a su clase de Lengua y Literatura) hablaban y practicaban bailes que sin duda acabarían en las redes sociales, a pesar de que a su edad se suponía que no deberían tener acceso a ellas.

Sin embargo, era lo suficientemente joven como para saber que esas restricciones no suponían ningún problema insalvable para una generación que dominaba las tecnologías.

–Todo está en YouTube –le había dicho su sobrina de doce años una vez–. Lo que sea. Cualquier cosa que se te ocurra.

A veces se preguntaba si el reto de la educación no debería tener más en cuenta ese nuevo entorno.

Justo en el otro lado del patio, las «nuevas» se mantenían alejadas de las demás. La llegada a secundaria era un momento muy duro para los que dejaban la seguridad de su colegio y se enfrentaban al instituto. Durante el primer curso, muchos se limitaban a tratar de no meterse en líos y poco más.

También los chicos de primero se mantenían al margen, tanto de los más mayores como de las chicas de su propio año, con las que empezaban a no entenderse a pesar de que habían hecho juntos toda la etapa de primaria.

–¡Vamos! ¡Id recogiéndolo todo! ¡Nada de papeles en el suelo! –gritaba Carmen con ese tono monótono de quien lo ha repetido ya miles de veces.

Mientras tanto, María trataba de organizar la entrada en el centro para que no supusiera un caos. Después de haber soltado toda la adrenalina, los alumnos estaban agitados y tendían a arremolinarse y a hacer el tonto. Era un momento que no gustaba a casi ningún profesor, pero a ella le encantaba porque sentía toda esa energía juvenil que luego debía intentar dirigir hacia el aprendizaje.

Ese era su primer trabajo como profesora. Cuando la llamaron de ese instituto público de Móstoles, una ciudad de las afueras de Madrid, se llevó una gran alegría, ya que no esperaba conseguir un trabajo tan pronto. Solo llevaba un mes en las listas y ya le habían ofrecido la sustitución de una profesora que estaba de baja por maternidad, lo que aseguraba trabajar varios meses.

Mientras esperaba a que todos fueran entrando y se aseguraba de que no quedara nadie fuera, comprobó que su compañera la había dejado sola. Cosas de veteranas, claro. Esperaba que no fuera por su propuesta en el claustro, donde, llevada por su entusiasmo, había planteado una idea que ya funcionaba en muchos colegios: trabajar por proyectos. A lo largo de la carrera, aquella manera de trabajar múltiples asignaturas teniendo como eje central un proyecto que lideraban en buena medida los propios alumnos la había convencido por completo.

Como profesora de Lengua y Literatura, sabía que podía impulsar esa experiencia piloto que involucraba a parte del profesorado, pero su propuesta recibió una acogida irregular entre el resto de sus compañeros, salvo quizá los más jóvenes.

Algunos la miraron con desconfianza, porque pensaban que trataba de ser la protagonista en un centro en el que ellos ya llevaban mucho tiempo guerreando. Notó las expresiones de suspicacia, pero trató de no hacerles caso.

–La directora te llama a su despacho –le dijo el conserje cuando la vio entrar.

–Tengo clase dentro de diez minutos –respondió ella mirando el enorme reloj que había en el vestíbulo.

–Creo que ella ya lo sabe –le respondió Onésimo, que llevaba también allí muchos años y a quien todos llamaban Nesi.

No supo interpretar si se lo decía con sarcasmo o con simpatía, pero decidió ignorarlo por el momento. Ya había sentido muchas miradas extrañas ese día.

En cuanto entró en el despacho de Gloria, la directora del centro desde hacía tres años, supo que había algún problema.

–¿Qué pretendes con esa idea? –le soltó sin más introducción.

–Yo... Bueno, solo creo que estaría bien probarlo.

–Ya, claro. Porque los que ya llevamos aquí años no sabemos cómo dar una clase. ¿Eso piensas?

–Yo no he dicho eso –se defendió.

–Pues algunos de tus compañeros lo creen así.

María prefirió no decir nada porque no quería enfrentarse a la directora.

–Vale, a ver cómo te lo explico... –le dijo su interlocutora soltando una especie de largo suspiro.

La invitó a sentarse en una silla azul que no pegaba para nada con el resto del mobiliario. Muchos institutos como aquel recibían escasos fondos para sus equipamientos, así que el interiorismo no era una prioridad.

Pasados unos segundos, pareció calmarse y le habló en otro tono.

–Pareces una buena profesora, entusiasta, como acostumbra a pasar con las que acabáis de salir de la universidad. Tenéis buenas ideas y habéis estudiado muchas teorías pedagógicas y esas cosas... Pero esto es otra guerra, ¿sabes? Aquí tenemos chicos que acaban de llegar al país y nos los colocan a medio curso, aunque no hablen una palabra de español. Tenemos familias con problemas que traen a sus hijos por obligación más que por convicción. Y también otras que creen que esto es una especie de comedor social.

–Lo sé. Me he informado –le respondió.

–Ya, seguro que lo has hecho. Pero la realidad no siempre sale en las noticias o en los estudios que se publican. Además, muchos de tus compañeros llevan años luchando con muy poco apoyo para conseguir que algunos chicos salgan de aquí con oportunidades.

–No lo dudo, y no quería hacerme la importante –dijo para que quedara claro que estaba entendiendo el contexto.

Eso hizo que la directora decidiera cortar esa especie de reprimenda que algunos de los veteranos le habían pedido que aplicara a la novata. Sin embargo, en el fondo ella misma estaba encantada con que alguien llegara y agitara un poco el avispero, aunque a algunos no les gustara. Una vez cumplido su papel, decidió mostrarse más abierta.

–¿Tú estás segura de querer meterte en este lío?

Eso descolocó a María, porque creía que su idea ya estaba descartada. Se dio cuenta de que había sido un poco ingenua, ya que, cuando planteó la idea de un trabajo por proyectos con su grupo de segundo de la ESO, imaginó que los profesores ya lo hacían así, de manera que aceptarían sin problemas su propuesta.

–Sí, seguro. Os encantará, ya lo veréis.

La directora levantó una ceja, un gesto muy característico que la mayoría de los alumnos del centro percibían cuando se la cruzaban por el pasillo, aunque podía tener muy diversos significados.

–Mira, aquí tenemos unos cuantos profesores ya veteranos, algo cansados y alguno incluso bastante quemado... No te lo van a poner fácil.

Inmediatamente, le vino a la cabeza la manera en que Carmen había afrontado la situación en el recreo.

–Pero también tenemos algunos más jóvenes, o que no lo son tanto pero que siguen manteniendo un cierto grado de entusiasmo.

María esperó, porque no sabía si debía decir algo.

–He hablado con ellos y algunos están dispuestos a participar en esa prueba piloto del trabajo por proyectos que nos planteas, siempre que tú la lideres y no les dé mucho trabajo extra.

Esto último lo dijo con cierto énfasis porque sabía muy bien que los profesores, además de impartir su asignatura, tenían muchas tareas burocráticas que casi los ahogaban.

–¡Es el averno de los informes! –gritó una vez a pleno pulmón el compañero de Matemáticas de tercero en la sala de profesores.

–Vale –asintió María–. Te puedo asegurar que no implicará más trabajo... o muy poco. Solo es un cambio de sistema que...

–No me lo cuentes –la cortó Gloria con un gesto–. Hazlo. Y cuanto antes empieces, mejor. Ahora tienes clase, así que vete para allá o encontrarás a tus alumnos subidos por las paredes. A principios de curso siempre están así.

Mientras se dirigía a la puerta, todavía escuchó que la directora le decía algo más.

–Apóyate en los profesores más nuevos y deja en paz a los demás, así no tendrás muchos problemas. Pero no les pidas más informes, por favor.

–No lo haré. Gracias por confiar en mí, es muy importante.

La directora ya no le prestaba atención porque miraba fijamente la pantalla de su ordenador como si allí fuera a encontrar la manera de cuadrar todo lo que siempre pendía de un hilo en el instituto: horarios, espacios, grupos, bajas, alumnos nuevos a medio curso, familias con problemas...

Estaba tan contenta de que le permitieran ponerse al frente de esa prueba que ella misma había propuesto que salió del despacho sin mirar al pasillo, con lo que chocó de lleno con Carlos, el profesor de Geografía e Historia, que iba rápido porque también llegaba justo a su clase. Como siempre, iba cargado con libros y material de todo tipo para lograr que sus alumnos no se aburrieran con una materia que, de por sí, les interesaba muy poco.

El estruendo fue considerable, ya que por el pasillo volaron clips, reglas, mapas y un par de libros, lo que desató la risa nerviosa de un par de alumnas que salían de los lavabos situados en aquella planta.

–Perdona, perdona –dijo María, que había salido rebotada del choque–. Ha sido culpa mía.

–Claro que ha sido culpa tuya. Llegas al centro y vas avasallando a todo el mundo –le respondió el profesor mientras trataba de ir recogiendo rápidamente sus cosas.

María se quedó parada sin saber qué decir. Por una parte, no quería mostrarse borde con sus nuevos compañeros, pero tampoco iba a dejar que la tomaran por tonta. Sentía que la rabia se abría paso en su interior y algo debió de reflejarse en sus ojos marrones, porque el otro profesor cambió la expresión.

–¡Era broma! ¡Era broma! No te enfades conmigo.

Enseguida se dio cuenta de que era así porque él sonreía abiertamente, lo que la calmó casi al instante. Y más cuando se levantó y le tendió la mano mientras con la otra trataba de sujetar lo que había recogido del suelo.

–Soy Carlos, doy Geografía, algo de Historia y mucho de rutina docente.

–Yo soy María y...

–Lo sé, Literatura. Ánimo. Si lo mío les resulta aburrido, ni me imagino con el *Quijote* y cosas así.

Ella lo miró desconcertada. No sabía si volvía a bromear o lo decía en serio.

–No te preocupes, te acostumbrarás.

Iba a contestar algo, pero él ya se iba casi a la carrera hacia las escaleras. De repente, se detuvo y le sonrió de nuevo.

–Por cierto, tu propuesta de trabajar por proyectos es estupenda; puedes contar conmigo. Además, tenemos un grupo de alumnos en común, así que solo tienes que pedirme lo que creas que es mejor para que esto funcione.

–Vale, gracias –se limitó a decir con una timidez que la sorprendió incluso a ella.

–Nos vemos –le respondió mientras parecía esperar que ella dijera algo más.

Pero María seguía callada, así que Carlos le dijo que tenía que irse y salió disparado.

María se lo quedó mirando unos segundos hasta que un pequeño grupo de chicas de cuarto pasó a su lado y se puso a reír a carcajadas al verla allí pasmada.

–Hola –se limitó a decir ella justo antes de darse cuenta de que el reloj de pared que presidía las vidas de los cientos de alumnos de aquel centro le indicaba que llegaba tarde a su clase.

Inició un breve trote que fue cortado por la mirada de reprobación del conserje, cuya misión principal en el instituto era que nadie corriera por los pasillos, tuviera la edad que tuviera.

Bajó los cuarenta escalones que la llevaban a la planta baja, donde los grupos de primero y segundo se mantenían separados de los del segundo ciclo de la ESO. Ya en el pasillo de la izquierda, enfiló hasta el aula del fondo, muy cerca de la puerta del salón de actos.

Desde allí se oía el escándalo que formaban sus alumnos, quienes, al no tener profesora, charlaban alegremente de sus cosas o circulaban entre las mesas molestando a sus compañeros. En el aula de al lado el silencio era evidente, de manera que María decidió asomarse por el cristal que había en las puertas de las aulas y que permitía controlar lo que sucedía en su interior.

Allí estaba Carlos, con la pizarra electrónica encendida y un enorme mapa de Europa iluminando tenuemente las primeras filas. Él estaba concentrado en sus explicaciones y no la vio. Aun así, se retiró enseguida, ya que no quería que pareciera que fisgoneaba.

Hasta ese momento no habían hablado directamente, a pesar de que se habían encontrado en las reuniones que se hacen antes de empezar el curso. Sí que habían cruzado sus miradas en más de una ocasión, pero en el maremágnum que siempre se organizaba no habían podido ni saludarse. Lo que sí recordaba fue que, cuando ella presentó su propuesta del trabajo por proyectos, fue uno de los pocos que votaron a favor de hacer esa prueba piloto.

Al final, se había aprobado por solo dos votos de diferencia y con muchos otros en blanco, así que le tocaba centrarse y hacer bien las cosas porque era una gran oportunidad para una recién llegada.

Respiró profundamente, puso una sonrisa en su cara y entró, no sin antes sentir de nuevo la emoción de enfrentarse a un aula llena.

Le encantaba aquel trabajo.

El viaje del infierno

—Muy bien. Un poco de silencio, por favor –dijo María, que, además de su asignatura, tenía la tutoría de ese grupo–. Tengo que explicaros un nuevo sistema de trabajo que vamos a probar este primer trimestre.

Mientras los veintiséis alumnos del grupo B de segundo de la ESO iban sentándose y ella esperaba con mucha calma a que el silencio acabara por imponerse, recordaba lo que explicó en el claustro para tratar de convencer a sus compañeros de que la apoyaran para llevar a cabo esa prueba.

–Será una experiencia muy buena para los alumnos y para nosotros como profesores –les iba diciendo mientras veía cómo algunos la miraban con cierta hostilidad y otros simplemente la ignoraban.

Solo un par de sonrisas le daban ánimos para continuar.

Entonces pensó que no debería haberse complicado con aquello y que tendría que haberse limitado a seguir la dinámica del propio centro, ya que solo le habían ofrecido una sustitución.

Pero ella era así. Su madre siempre le decía que no tenía frenos y que se lanzaba a por las cosas sin pensárselo ni un segundo, con lo que a menudo se estrellaba.

También ese día, mientras iba hablando delante de sus compañeros, sentía como un muro se acercaba a gran velocidad.

–Los alumnos trabajarán un tema en concreto y, a partir de él, iremos sacando información que nos permita incluir otras materias, siempre con la excusa del proyecto.

–A eso llegamos –se limitó a decir uno de los profesores, que hasta el momento había estado mirando su móvil.

–Ya, claro –respondió tratando de no desanimarse demasiado–. Será muy interesante ver cómo lo afrontan y cómo encuentran la manera de participar. Creo que... Bueno, no, estoy convencida de que nos sorprenderán.

–Seguro que lo hacen –le dijo sarcásticamente Rubén, el profesor de Educación Física que, por norma, parecía estar en contra de todo lo que se proponía.

–Ya sabréis cuál es el tema que proponga este trimestre. Puede parecer simple, pero el trabajo que hagan los obligará a buscar información sobre geografía, claro, y también sobre otros temas como la economía, las estructuras sociales y otros muchos. Tendrán que saber redactar y también aprender a mejorar su expresión oral.

–¡Ufff! Esperas mucho, me parece –intervino Carmen, que era una de esas profesoras que la directora había bautizado como «quemada».

Sin hacer caso al comentario, continuó explicándose.

–Además, deberán practicar otras competencias importantes como el trabajo en grupo y tendrán que encontrar sus propias estrategias para asumir un papel dentro de él y colaborar para que las tareas encomendadas avancen. En fin, estoy segurísima de que sabrán hacerlo muy bien si vosotros también creéis en ello. Sin embargo, lo más importante es que ellos se comprometan; eso es básico.

No había encontrado mucho apoyo, pero sí el suficiente para poder enfrentar la tarea, aunque solo fuera con algunos profesores. Eso era mejor que nada y, además, la directora le había dado el visto bueno.

Ahora se encontraba frente a los que debían ser los protagonistas de aquella experiencia. Mientras seguía esperando que el nivel de ruido disminuyera para poder hablar sin forzar la voz, se preguntaba si ese grupo estaría dispuesto a asumir ese compromiso.

Era el momento de averiguarlo.

–De acuerdo. Por fin os habéis calmado un poco y podremos seguir adelante. Hoy la clase va a ser algo diferente, así que os pido un esfuerzo para mantener el orden cuando hablemos y para participar, ya que eso será en lo que más voy a insistir. Vamos a hacer un proyecto que será muy muy chulo, aunque tendremos que trabajar bastante y...

Se desató una oleada de protestas que ella trató de cortar con rapidez.

–¡Esperad! ¡Esperad! Todavía no os he explicado cómo será. Os encantará, ya lo veréis.

Hizo una pausa para crear suficiente expectativa y vio que funcionaba, porque las últimas conversaciones y rumores se desvanecieron. A pesar de que solo tenían trece años, empezaban a necesitar que dejaran de tratarlos como niños.

–Hablaremos de viajes –les dijo finalmente–. Pero no de los grandes viajes de la humanidad. Podréis escoger aquellos que queráis a lo largo de la historia, como los de Marco Polo o los de

Cristóbal Colón, u otros que se os ocurran. Así que durante las próximas semanas hablaremos de viajes.

–¡Menudo rollo! –soltó alguien a quien María no pudo identificar.

Eso generó nuevas protestas, algo que cualquier profesora experimentada sabía que convenía detener de inmediato antes de que se convirtieran en un alboroto.

–Un momento, un momento –dijo levantando las manos e intentando calmar aquella oleada de entusiasmo desatado–. No protestéis sin saber lo que es. Además, debéis recordar que, para hablar, hay que levantar primero la mano. Venga, que será muy divertido. ¿Quién quiere empezar?

Un montón de manos aparecieron por encima de los rostros del resto de compañeros.

–¿Carla? –dijo señalando a una niña rubia de la tercera fila.

–Este verano hemos ido al pueblo de mi padre en Asturias y hemos visto vacas. También hemos subido a una montaña muy larga que no...

–Querrás decir muy alta, no muy larga –la corrigió María con una sonrisa.

Sabía que a esa edad a menudo les costaba encontrar las palabras correctas cuando tenían que hablar frente a sus compañeros. Precisamente, uno de los objetivos del proyecto era que mejoraran esa competencia transversal: la expresión oral en público.

–¡Eso no es un gran viaje! –intervino Álvaro sin esperar a que le dieran la palabra.

–¡Claro que lo es! –respondió ofendida la aludida.

Enseguida se montó un alboroto alrededor de lo que significaba o no un gran viaje, de manera que María tuvo que hacerlos callar para aclarar la cuestión.

–Cuando hablamos de grandes viajes, nos referimos a los que han sido muy largos, difíciles e incluso peligrosos, como los que hicieron los grandes conquistadores o los descubridores.

–¿Como los que llegaron a la Luna? –intervino Pilar.

–Sí, claro.

Una vez pareció quedar claro el concepto, pasaron un rato aclarando qué podía ser considerado o no un gran viaje. ¿Lo era un viaje a Brasil aunque fuera por trabajo, como le pasó al padre de Nelson, que tuvo que ir allí dos meses? ¿Era un gran viaje el que hicieron para descubrir el Polo Norte? ¿Y el Polo Sur? ¿Y las cataratas del Niágara?

A pesar de la confusión, María estaba contenta porque vio que el tema les interesaba. Pero sabía que en algún momento tenía que poner freno a aquel caos expresivo o ya no tendría tiempo de explicar nada más, de forma que los acalló como pudo y escribió en la pizarra tres palabras en letras mayúsculas y bastante grandes que consiguieron captar su atención.

El gran viaje

–Este es el título del proyecto –les dijo en cuanto vio que todo el mundo estaba atento–. Se trata de que hablemos de algunos de esos increíbles viajes. Vosotros escogeréis cuál de ellos es el más importante o el que os interesa más.

Se hizo un profundo silencio hasta que Julia, una niña bajita que parecía muy avispada y que había llegado al instituto con el curso ya empezado, levantó la mano con timidez. No dijo nada hasta que recibió una señal para que hablara.

–¿El más importante quiere decir el más largo?

María sonrió y se dio cuenta de que esa niña se adaptaría sin problemas.

–No necesariamente –respondió mirando al resto de los alumnos que iban rumiando cuál era su mejor opción–. Lo que buscamos son aquellos viajes que han dejado una gran huella en quienes lo hicieron y también en la humanidad.

Entonces fue Ibrahim quien levantó la mano con la energía que lo caracterizaba e hizo la pregunta con un castellano casi perfecto, pero que todavía conservaba un acento peculiar.

–¿Puede ser un viaje que hayamos hecho nosotros?

–Ya os he explicado cuáles debían ser las características de esos viajes –le respondió para dejarle claro que no era el caso.

–Sí –respondió tras consultar su cuaderno–. Tienen que ser muy largos, difíciles e incluso peligrosos.

–Eso es.

Más manos se levantaron, pero ella se dio cuenta de que tendría que cortar las preguntas o no quedaría tiempo para explicar la metodología que usarían.

Todo eran novedades para ella y ese era su primer trabajo por proyectos, con lo que tenía algunas dudas a pesar de lo que había dicho en el claustro y lo convencida que sonó. Precisamente por eso, le había pedido algún consejo a Susana, la profesora de Inglés, quien fue la que se mostró más dispuesta a ayudarla.

–Haz que ellos mismos vayan decidiendo. Como tú misma dijiste, una de las cosas más importantes de esta manera de trabajar es que ganen autonomía en la toma de decisiones.

En los diez minutos siguientes, les leyó las instrucciones que se había apuntado en su esquema de trabajo. Les dijo que debían formar grupos de cuatro o cinco personas para trabajar esas semanas en el proyecto y se dio cuenta de que había cometido un error. Todo el mundo se levantó de su asiento y fue, casi corriendo, a buscar a sus mejores amigos o amigas dentro de la clase para hacer los grupos. Aquello provocó un pequeño caos que a María le costó un buen rato controlar.

–A ver, a ver –les dijo cuando consiguió calmarlos–. Esto no puede ser. Os tenéis que acostumbrar a trabajar con todo el mundo y no solo con quienes os lleváis mejor. De hecho, se aprende mucho más cuanto más diversos son los grupos de trabajo.

A pesar de aquella afirmación, separar a los grupitos fue casi un drama; poco a poco, y con muchas protestas, fue compensando los grupos con niños y niñas e integrando a los que siempre quedaban algo más aislados. Finalmente, el asunto quedó más o menos equilibrado.

Muchos habían cursado juntos la primaria y se conocían del barrio; otros, en cambio, hacía poco tiempo que estaban allí. Cuando todo parecía ordenado, María les explicó la dinámica del proyecto.

–Estas próximas tres semanas trabajaréis el proyecto en diferentes asignaturas, no solo en Lengua conmigo. Cada grupo escogerá uno de los viajes que planteéis y buscará información sobre los diferentes lugares por los que haya transcurrido, ya sean datos históricos, geográficos, económicos, sociales, lugares representativos, transportes, etc. Los demás profesores os irán indicando qué tenéis que hacer en cada caso, o sea, que no hace falta que lo sepáis todo ahora mismo –dijo María para evitar una avalancha de preguntas.

Aun así, Óscar, el que le había lanzado la pelota en el recreo, se le adelantó.

–¿Y cómo escogeremos los proyectos?

–Ahora iba a explicarlo.

Se dio cuenta de que debía cambiar la manera de gestionar la clase: no abrir nuevos temas y, sobre todo, tratar de anticipar las preguntas que le harían los alumnos después de cada explicación. A esa edad la paciencia no era precisamente un rasgo muy característico. En cuanto a ella, era consciente de que le quedaban muchas cosas por aprender; solo tenía veinticinco años y acababa de empezar su etapa profesional.

–De momento, levantaos con calma, juntad las mesas y reuníos con vuestro grupo.

El tráfico de mesas y sillas parecía el de la M-30 en hora punta, pero mantuvieron un cierto silencio. Efectivamente, era mejor ir explicando las cosas una por una. Cuando todo el mundo parecía estar más o menos colocado y los grupos ya se habían distribuido los espacios, dio el siguiente paso.

–Ahora tenéis unos quince minutos para que cada uno de vosotros explique cuál es el viaje que ha pensado al resto de los compañeros, pero solo a los de su grupo –les advirtió para evitar que aquello se descontrolara–. Los demás, escucháis y, si queréis, podéis tomar notas. Es importante que prestéis atención porque, al final, cuando todo el mundo se haya explicado, tendréis que decidir por mayoría cuál va a ser el viaje sobre el que trabajaréis.

Un montón de manos se levantaron por toda la clase, pero María las ignoró.

–Ahora no es el momento de las preguntas, todavía no he terminado. Yo iré pasando por los grupos y podréis preguntarme lo que queráis.

Con la misma velocidad con la que se habían levantado, las manos volvieron a bajar.

–Como ya os he dicho, trabajaréis diferentes aspectos relacionados con el viaje que escojáis y así aprenderéis muchas cosas sobre el lugar y el recorrido. Dentro de tres semanas, os turnaréis por grupos para explicar al resto de vuestros compañeros todo lo que habéis hecho. Saldréis aquí –dijo María señalando la pequeña tarima que había delante de la pizarra– y haréis una exposición de quince minutos.

–¿Podremos utilizar imágenes y cosas así? –preguntó Raúl ignorando las advertencias de la profesora.

Keyla, que estaba en su mismo grupo, le dio un pequeño codazo para recordarle que no se podían hacer preguntas. Aun así,

María decidió responder porque sabía que el uso de las tecnologías era muy importante para aquella generación.

En el instituto disponían de pizarra electrónica en un tercio de las aulas, aunque algunas no funcionaban por falta de mantenimiento. Esos aparatos tenían conexión a la red para poder hacer búsquedas por internet o para reproducir presentaciones, imágenes o lo que fuera. Como ella era novata en ese centro, no le había tocado ninguna de esas aulas, pero decidió jugársela y responder a aquella petición.

–Ehhhh... Bien, yo creo que no habrá problema. Pediré que nos dejen una de las aulas que tengan pizarra digital cuando sea el momento.

Inmediatamente, pensó que tal vez se había precipitado y que tendría que habérselo preguntado antes al jefe de estudios. Ahora ya lo había dicho y tendría que cumplir aquella petición, puesto que su respuesta fue acogida con gran entusiasmo.

–Venga, va. Tenéis un rato para ir hablando de los viajes y escoger uno por grupo.

Enseguida se pusieron a ello con ganas mientras ella iba pasando por las mesas para ver cómo iba la dinámica. Uno de los grupos de que tenía más cerca estaba compuesto por Violeta (una niña muy lista y tranquila), Nelson (un terremoto de padres colombianos que acababa de llegar al instituto), Cristina (muy movida y tozuda) y Manuel (que era el que estaba hablando).

–Vi con mis padres una película de un tío que intentaba conquistar un planeta lleno de bichos muy raros. Al final, se comió a uno de ellos y acabó teniendo una gran diarrea durante tres días seguidos.

–No seas guarro –le reprochó Cristina.

–¿Qué pasa? –protestó Manuel–. Es lo que mejor recuerdo de la película.

María decidió intervenir para dar alguna pauta más.

–¡A ver! ¡Escuchadme un momento!

Esperó unos segundos a que todo el mundo prestara atención y, entonces, dio algunas instrucciones.

–Los viajes que escojáis deben ser reales. Tampoco valen los que os hayan contado y que no sepáis si son de verdad o no. Hay un montón para elegir y no hace falta saber mucho de ellos, lo iremos averiguando precisamente en el proyecto. Apuntad lo que os interese buscar en cada caso o las dudas que tengáis, ¿de acuerdo?

Respondieron con un sííííí largo y colectivo y todo el mundo se movió a la vez para buscar bolígrafos y papel donde poder escribir aquellos datos. En grupos numerosos como aquellos, con más de veinticinco alumnos, cualquier actividad generaba momentos de descontrol que costaba mucho calmar. Por eso algunos profesores no eran muy partidarios de hacer proyectos con grupos tan grandes, y quizá tuvieran razón. Pero María no se desanimaba fácilmente, de forma que esperó con paciencia a que todo el mundo volviera a su lugar antes de seguir con su ronda de control.

–Lo del viaje a la Luna seguro que mola mucho –insistió Pilar, una chica bajita con unos enormes ojos verdes.

–Mi padre dice que eso es una mentira –la cortó Guillermo.

–¿Cómo va a ser una mentira si salió en la tele?

María se apartó para poder observar qué iban haciendo los demás. En otro de los grupos estaba hablando Moha, que no dejaba de mover las manos para dar énfasis a sus palabras.

–Podemos buscar el viaje de un hombre que cruzó él solo las montañas del Atlas. No recuerdo cómo se llamaba, pero en mi pueblo, en Marruecos, me hablan de él muchas veces cuando voy en vacaciones. ¡No os imagináis el frío y el calor que hace allí porque son muy altas!

Comprobó que todo el mundo estaba en marcha y eso la animó, aunque observó que uno de los grupos que había tenido que hacer ella parecía algo estancado. Era en el que estaba Ibrahim, un chico de piel tan negra que casi no se le distinguían los ojos.

Por lo que le habían explicado, había llegado del Sudán hacía tres años y estaba bien integrado en el barrio y en el instituto. Jugaba al fútbol en el equipo del centro y tenía bastantes amigos en la clase. Uno de ellos era Luis, que formaba parte del mismo grupo y era también un buen futbolista y muy formal en clase, aunque con cierta tendencia a despistarse.

Julia era nueva, pero muy espabilada, y se había integrado enseguida. Todavía no sabía la razón de su cambio de centro, pero se apuntó mentalmente que tenía que preguntarlo; siempre era bueno saber un poco la historia de sus alumnos.

La última componente del grupo era Catherine, una chica francesa que solo llevaba un año allí por temas de trabajo de los padres. Hablaba un castellano muy divertido con acento francés y era callada, pero muy disciplinada. Su piel, bastante pálida, contrastaba con la de Ibrahim. A María se le pasó por la cabeza que parecían imágenes en negativo el uno del otro.

Se acercó para ver si todo iba bien mientras aprovechó para recordarles que el tiempo para presentar los viajes estaba a punto de acabar.

–Quedan cinco minutos para terminar la reunión de grupo.

En aquel momento, Julia, que había tomado el liderazgo del grupo, estaba haciendo un resumen.

–A ver, Luis, tú dices que lo hagamos sobre el viaje de Colón.

–Es uno de los más importantes, ¿no? –preguntó este.

–Sí, claro. Y tú, Catherina...

–Catherine –la corrigió. Estaba un poco cansada de tener que repetirlo constantemente desde que había llegado.

–Sí, perdona –le dijo Julia–. Tú preferirías que habláramos de ese Napoleón de tu país que, por lo visto, estuvo viajando por toda Europa.

–Y conquistando muchos países –le apuntó.

–Y tú, Ibrahim... a ver –dijo mientras repasaba las fichas que cada componente del grupo había rellenado–. Tú has escogido el viaje que hiciste hasta España desde tu casa en Sudán...

Hizo una pausa para leer de nuevo sus notas.

–Pero esto está mal –dijo levantando la vista y mirando a María.

–¿Qué pasa? –le preguntó ella con cierta curiosidad.

–Pues que él propone un viaje que hizo con su padre. Dice que tardó un año y medio en hacerlo.

–Fue así –intervino Ibrahim muy serio.

–Pero eso no es un gran viaje –protestó Catherine.

Ibrahim dirigió sus enormes ojos negros hacia María y le preguntó:

–¿Puedo decir dos cosas?

–Sí, claro –le respondió.

Julia arrugó la frente, pues no sabía que se podían decir dos cosas. Ella había escogido el viaje que, según le explicó una vez su abuela, muchos españoles hicieron para huir de una guerra que hubo en este país hacía ya mucho tiempo.

Sin pensarlo mucho, Ibrahim sonrió enseñando unos dientes que, en contraste con la oscura piel, lucían blancos como la nieve.

–Lo primero que os digo es que sí que fue un gran viaje. Recorrimos miles de kilómetros y atravesamos un desierto entero. Fue horrible y pasé mucho mucho miedo. Incluso estuvimos en una prisión y casi nos ahogamos en el mar.

Como vio la cara que ponían sus compañeros de grupo, les preguntó extrañado:

–¿No habéis oído hablar del viaje del infierno?

El primer paso

—Vivíamos cerca de la ciudad de Kutum, aunque allí todo el mundo la llama Wadi Kutum porque pasaba un río que ya hace mucho tiempo que se secó. En el Sudán hace mucho calor y casi no llueve, ¿sabéis?

Sus compañeros del grupo de trabajo sonrieron y afirmaron con la cabeza para dale a entender que habían visto muchas veces en la tele el problema de las sequías en el continente africano. Aunque ya conocían a Ibrahim, solo Luis recordaba cómo llegó de su largo viaje y se incorporó al colegio cuando hacían quinto de primaria. El curso estaba casi acabando y él no hablaba una palabra de español. También sabía que era un año mayor que sus compañeros, precisamente por el tiempo que perdió en ese viaje que ahora les estaba contando.

–Nosotros vivíamos en una pequeña granja a las afueras, con algunas cabras y tres perros, y yo iba a la escuela cada día, aunque tenía que caminar un buen rato. Mi padre trabajaba en un horno de pan y mi madre se quedaba en casa cuidando de los animales y con mi hermana, que es mayor que yo. Sería un lugar tranquilo... si no fuera por las guerras. Mi padre dice que es una tierra maldita y que ni siquiera consigue recordar cuándo se vivía en paz. Yo no sé muy bien qué ocurre allí, pero él me ha explicado que constantemente venía gente a la ciudad con camiones y armas; entonces, yo no podía ir a la escuela unos cuantos días y mi madre lloraba a menudo y rezábamos juntos para que no vinieran a nuestra casa.

–¿Pasabas miedo? –le preguntó Julia.

–Cuando estábamos en casa, no mucho... Lo peor vino después –respondió muy serio mientras los otros intentaban hacerse una idea del ambiente en el que creció su compañero, tan diferente al de sus hogares.

Se hizo un silencio respetuoso para animarlo a seguir.

–Un día, unos hombres destruyeron el horno donde trabajaba mi padre y entonces él vino a casa y dijo que teníamos que marcharnos. Yo no sabía muy bien qué quería decir eso, pero mi madre me explicó que las cosas se estaban poniendo muy mal y que había gente que nos quería matar. Le pregunté por qué, pero solo me dijo que la vida era dura y que, si nos quedábamos, quizá moriríamos todos. Dejé de ir a la escuela y...

–¡Qué bien! –dijo Luis intentando hacerse el gracioso–. ¡Sin clase!

Lo hicieron callar e Ibrahim le respondió con esa madurez que mostraba a menudo y que no se correspondía con su edad.

–A mí me gustaba mucho ir a la escuela. No era como esta, eso está claro. Era una caseta pequeña con un campo de arena donde siempre marcábamos dos porterías con piedras y jugábamos al fútbol. En la misma clase había chicos más mayores y más pequeños que yo.

–¿Y las niñas? –preguntó Catherine, que no acostumbraba a abrir la boca.

Ibrahim hizo una mueca difícil de interpretar, pero que intentaba mostrar que no le gustaba mucho hablar de aquel tema.

–No muchas chicas van a la escuela en Kutum.

–¡Ostras! –dijo Julia.

Él se limitó a encogerse de hombros antes de seguir.

–Recuerdo muy bien el día en que nos fuimos, porque ahí sí que empezó aquel viaje, el que duró un año y medio, aunque entonces no lo sabíamos ninguno de nosotros. La idea inicial era que nos iríamos solo mi padre y yo y que, cuando llegáramos a Europa, enviaríamos dinero para que vinieran mi madre y mi hermana. Pero algo cambió. No sé muy bien qué pasó, porque nunca me lo han explicado, pero creo que amenazaron a mi madre o algo así y entonces ellas también tuvieron que irse.

–¿Os fuisteis todos juntos? –intervino Julia de nuevo, que sentía la misma curiosidad que el resto de sus compañeros de grupo.

–No, ellas no podían cruzar el desierto, es demasiado peligroso para las mujeres. Así que se fueron hacia Turquía con unos coches que las tenían que dejar allí para poder cruzar después a Grecia. Pero tuvieron muchos problemas. Pasaron casi dos años hasta que las volví a ver.

–¡Alaaa! –soltó Luis, quien, a pesar de que sabía algo sobre el viaje de Ibrahim, no conocía todos esos detalles.

–¡Va! ¡Callaos! –intervino María, que se había incorporado al grupo para continuar escuchando el resumen del durísimo viaje de Ibrahim.

Le sonrió y le pidió que continuara. Era consciente de que estaba dejando de prestar atención a los demás, pero quería conocer los detalles. A pesar del ruido que hacían el resto de grupos, porque aquella era una clase movida, los que componían el de Ibrahim seguían concentrados en las palabras de su compañero.

–Nos fuimos de nuestra casa después de vender las cabras a un vecino y darle también los perros. Me dio mucha pena dejarlos allí, sobre todo a Ka, que era mi preferido, pero no podían venir. Era viernes, eso lo recuerdo bien porque primero fuimos a la mezquita a rezar para conseguir llegar todos sanos y reencontrarnos en nuestra nueva casa en Europa. Después, acompañamos a mi madre y a mi hermana Nabiha a casa de los hombres que organizaban los viajes a través de Turquía y les dimos dinero, no sé cuánto, y nos despedimos de ellas. Cuando nos quedamos solos mi padre y yo, empezamos nuestro gran viaje. A mí me daba miedo, pero tenía ganas de vivir esa aventura con él. Mi padre nunca llora; sin embargo, ese día vi que le caía una lágrima por la cara. Creo que lo más difícil fue dar el primer paso para marcharnos y dejar atrás todo lo que yo conocía.

–¿Cómo se llama tu padre? –interrumpió Julia otra vez; le costaba mantenerse en silencio.

–Amid. Es el hombre más valiente que conozco.

–¿Y tu madre? –insistió ella.

–Zaima. Es la mejor madre del mundo, y muy fuerte. Aunque a veces tiene mucho genio, no os penséis.

–Pues anda, que la mía… –respondió Luis al pensar en el carácter que mostraba su madre a veces.

–Y la mía –afirmó Julia–. En cuanto a mi padre… no sé ni dónde está.

–En mi casa, el que grita más es mi padre –dijo muy seria Catherine–. Siempre se enfada por todo.

En apenas un segundo, se había puesto en marcha en el grupo una especie de concurso sobre quién tenía el padre o la madre con peor genio, hasta que María los acalló para dejar que Ibrahim continuara.

–No se trata de que nos lo expliques todo ahora –les aclaró–. Si os parece, dejemos que nos haga un resumen de cómo fue el viaje.

–¿Un resumen? –dijo él abriendo las manos–. No será fácil, porque pasaron muchas cosas.

–Sí, ya me lo imagino –le respondió María–. Pero lo puedes intentar.

–De acuerdo... –concluyó mientras se tomaba unos segundos para pensar–. Mi padre y yo tuvimos que ir hasta la costa de Libia, a casi tres mil kilómetros de nuestra casa. Fuimos en coche, en camión y también en burro, pero gran parte del viaje lo hicimos a pie por el desierto. Después tuvimos que hacer unos cuatrocientos kilómetros en una barca...; y no os penséis que era una de verdad, sino una de esas de plástico. Conseguimos llegar a Lampedusa, que es una isla que está en Italia, y desde allí tuvimos que hacer otros mil y pico kilómetros hasta Barcelona, esta vez con un barco grande. Al final, llegamos a Madrid con un tren superrápido.

–O sea, que recorriste unos cuatro mil quinientos kilómetros –resumió Julia, que era muy buena con las matemáticas.

–Sí, más o menos –le respondió Ibrahim sonriente.

–¿Y tardasteis un año y medio? –le preguntó Catherine–. Unos amigos de mis padres fueron de Francia a Canadá y no tardaron ni doce horas.

–Seguramente porque fueron en avión –le respondió.

–Sí, claro.

–Y porque no estuvieron metidos en una prisión durante cuatro meses ni en un campo de refugiados seis meses más.

Catherine tragó saliva y dudó si debía responder. Por suerte, la profesora decidió parar aquello.

–De acuerdo, de acuerdo. De momento, es suficiente por ahora.

Era necesario que se detuvieran en ese punto porque María tenía que prestar atención al resto de los grupos que seguían con sus propias dinámicas. Teniendo en cuenta que en su clase había veintiséis alumnos, habían formado cuatro grupos de cuatro y dos de cinco. Así pues, los dejó tomando notas y hablando e hizo una ronda por la clase. Pero no se le iba de la cabeza que la historia de Ibrahim tenía un contenido muy especial y totalmente diferente a las del resto de las que trabajarían los otros alumnos. La mayoría tendrían que ver con hechos históricos muy conocidos.

Sin embargo, era consciente de que ese viaje era muy personal y dudaba de si debía permitir que lo incluyeran en el proyecto, como habían decidido hacer los de ese grupo. Tendría que pensarlo bien porque sabía que, si cometía un solo error, los profesores que no la apoyaban aprovecharían para echárselo en cara.

Mientras los ayudaba en las dinámicas, pensó de nuevo en cuánta energía desbordaban aquellos chicos, y no siempre buena. En cada grupo había uno que molestaba o que distraía a los demás, así que tuvo que ir pasando para llamarles la atención.

–Venga, Óscar, atiende a lo que estáis haciendo.

–Es que me aburro.

–Pues presta atención y no molestes.

Poco a poco, los grupos iban acabando y exponían, por orden, sus conclusiones y su decisión sobre el viaje que habían elegido. Hubo un poco de todo y los portavoces explicaron los resultados y las razones que los habían llevado a escoger aquel viaje en concreto.

Por ejemplo, el grupo de Nelson, Violeta, Manuel y Cristina había seleccionado el viaje de Colón porque pensaban que encontrarían con facilidad mucha información.

En cambio, Danna y su grupo, en el que estaban Óscar, Sara, Sofía y Andrés, querían buscar información sobre el viaje que hacía cada año Papá Noel desde su casa en el Polo Norte para repartir regalos por todo el mundo.

–Eso no vale –protestó Julia–. No es un viaje real.

–Pero no es fácil, porque debe cubrir todo el planeta –le aclaró María esperando provocar la duda en el grupo.

Entonces, Danna miró a los demás y, como si ya hubieran previsto la posibilidad de que no fuera aceptado, explicaron que querían cambiar y que buscarían información sobre la persona que descubrió el Polo Norte.

–Veo que os gusta el frío –les sonrió María–. La persona que buscáis se llamaba Robert Peary, pero no está claro del todo si realmente fue el primero en llegar. Ya veréis que hubo y sigue habiendo discusiones sobre eso.

Cuando llegó el turno del grupo de Ibrahim, fue Julia, como era de esperar, la que hizo de portavoz y explicó en pocas palabras aquello que Ibrahim había definido como «el viaje del infierno».

Cuando acabó, el silencio era tan profundo que incluso María quedó impresionada y no se atrevió a interrumpir la solemnidad que flotaba en el ambiente de una clase de segundo de la

ESO del instituto Emperador Carlos en Móstoles. Por fin, Kevin levantó la mano tímidamente y María le dio el turno de palabra.

–Eso que ha explicado Julia es una pasada. ¿Puedo preguntarle una cosa a Ibrahim?

–Claro –le respondió María sonriente para tratar de quitarle algo de tensión a la situación.

Entonces, Kevin, que era un chico poco hablador, con algunas dificultades para seguir el ritmo de los demás, pero a quien todos parecían apreciar, miró hacia el grupo donde estaba Ibrahim e hizo su pregunta.

–¿Tuviste que atravesar el desierto a pie?

Él sonrió abiertamente con esa cara amable que mostraba a menudo.

–No siempre. Ese desierto es enorme, así que es imposible andar todo el rato. Empezamos con un vehículo viejo que echaba un olor a gasolina muy fuerte. Era una furgoneta en la que íbamos diez personas apretadas y en silencio todo el rato porque no nos conocíamos de nada. Al principio pensé que, si con aquel trasto teníamos que subir las dunas gigantescas, no llegaríamos muy lejos.

Enseguida se hizo una pausa. Keyla intentaba hacerle otra pregunta, pero la profesora la cortó.

–Espera, todavía no ha acabado de responder la pregunta que le ha hecho tu compañero –le dijo con suavidad.

Ibrahim continuó hablando, pero se dio cuenta de que todo el mundo estaba muy serio, así que decidió acabar pronto y no explicar cosas que todavía recordaba amargamente. Por ejemplo, la sed que pasó, algo como nunca lo habría imaginado. O el miedo por las noches cuando escuchaban los aullidos de los lobos del desierto. O el calor insoportable cuando caminaban en medio de una nada infinita.

Solo les explicó una muy pequeña parte de todo lo que llegó a sentir en aquella primera parte del viaje.

–Cuando llevábamos un día subidos en aquel trasto, nos hicieron bajar y nos dejaron allí en medio con un guía que nos dijo que lo siguiéramos. Y así lo hicimos. Estuvimos andando muchos días por el desierto, hasta que llegamos a una aldea donde nos hicieron subir en unos burros. Aquello fue más divertido porque el mío, al que llamaba Malik, de vez en cuando se ponía a correr y entonces los otros lo seguían deprisa también. Mi padre se cayó dos o tres veces y yo me meaba de risa, aunque sin que él se diera cuenta, claro.

Unos cuantos se rieron y la tensión se relajó un poco, lo que provocó cierto momento de desmadre durante el que todo el mundo hablaba de los animales que conocían o de si habían subido en camello, en caballo o incluso en una vaca.

María los dejó hablar un rato porque sabía que los alumnos de esa edad a veces necesitan abrir una válvula y dejar salir las angustias.

Óscar, cómo no, aprovechó para ponerse a rebuznar en voz alta y entonces todo el mundo se rio. Hicieron tanto ruido que el profesor de la clase de al lado se asomó para pedir que guardaran silencio. Era uno de los que no apoyaban el proyecto de María y ella pensó que había aprovechado la situación para ponerla en evidencia.

–Ya se callan, no te preocupes, yo me encargo –le respondió con rotundidad.

Cuando recuperaron el orden, todo el mundo quería hacer preguntas a Ibrahim, pero decidieron dejarlo para más adelante porque todavía faltaban un par de grupos por presentar sus propuestas y no les sobraba el tiempo.

Ibrahim se sentó con calma y Luis, su mejor amigo, le dio un suave golpe en el hombro para hacerle saber que contaba con su apoyo. Entre buenos compañeros a menudo no hacen falta muchas palabras. También Catherine hizo algo que, siendo reservada y más bien tímida, no le resultó fácil: le puso una mano en el brazo a Ibrahim durante un par de segundos. Un gesto que, sin palabras, expresaba un montón de cosas. Ibrahim se lo agradeció con una de sus mejores sonrisas, abierta y franca.

Solo Julia parecía un tanto molesta por la gran atención que recibía su compañero, así que se sentó con gesto enfurruñado.

Se presentaron proyectos relacionados con la exploración espacial, con la vuelta al mundo en ochenta días (un viaje basado en la novela de Julio Verne) y también con el viaje de los animales que emigran cada año en las llanuras africanas.

María pensó que le costaría ordenar todo aquello. Cuando todos acabaron, intentó poner orden rápidamente porque se acababa el tiempo de clase y todavía tenía que darles un montón de instrucciones sobre cómo debían trabajar en sus proyectos.

Les explicó qué datos tendrían que buscar y las fuentes de información más adecuadas para hacerlo. Además, les aconsejó evitar hacer un «copiar/pegar» de lo que pusiera en la Wikipedia.

–Pues mi padre dice que la Wikipedia tiene mucha información totalmente correcta –intervino Carla con energía.

–Claro que hay cosas que están muy bien –le respondió María–. Lo que os digo es que no os centráis exclusivamente en eso porque parte de lo que tenéis que aprender con este proyecto es a encontrar fuentes de información que sean más fiables y estén centradas en los aspectos concretos que buscáis.

Esa era una de las cosas que habían decidido en el claustro cuando se habló del trabajo por proyectos: dar mucha importancia a que los alumnos aprendieran a distinguir dónde podían encontrar información que tuviera suficiente credibilidad. En el mundo que les tocaría vivir, adquirir competencias en este ámbito sería casi tan importante como saber gestionar la tecnología.

–La mayoría van a ir directamente al Rincón del Vago o a sitios similares a copiar lo que encuentren –había dicho Carmen para demostrar su opinión sobre lo poco que iba a aportar ese proyecto.

Sonó el timbre que anunciaba el final de la clase y de la semana lectiva, así que se produjo un movimiento en cadena bastante descontrolado para devolver las mesas a su sitio. Ibrahim fue rápidamente rodeado por sus compañeros, que le hacían muchas preguntas. María los observó y vio que muchos asentían con la cabeza o se sorprendían cuando les iba explicando alguna de las cosas que había podido ver en el desierto.

Esa historia lo había convertido involuntariamente en el protagonista y, aunque a todos los adolescentes les gusta llamar la atención, a Ibrahim se le veía algo incómodo con la situación, aunque su carácter amable lo llevaba a responder a todos sus compañeros.

María trató de imaginar todo lo que habría pasado ese chico en su viaje y se preguntó si sería bueno sacarlo a la luz.

Esa era una cuestión que no podía ignorar, porque no sabía qué efectos podía tener para él compartir en público todo aquello. Tenía que darle algunas vueltas y el fin de semana parecía un buen momento para reflexionar.

También podía plantearse pedir consejo a alguno de sus compañeros más veteranos. Aunque pensó en Carlos, lo descartó porque no llevaba mucho más tiempo que ella en el centro.

Tal vez la directora pudiera ayudarla, pero no quería darle más trabajo del imprescindible. Le habían dado autonomía, habían confiado en ella a pesar de su inexperiencia, así que no era cuestión de flaquear a la primera dificultad.

–¡Vale! Recogedlo todo y salid sin correr por los pasillos. Buen fin de semana.

La parada del autobús

Muchas veces dejaba cosas para el fin de semana porque dos días sin trabajar le parecía un período muy largo. Sin embargo, entre las compras semanales, la limpieza del piso que compartía con otras dos chicas de su edad y alguna que otra salida social, el domingo por la tarde aún no tenía nada claro lo que debía hacer.

–Creo que exageras un poco, María –le dijo una de sus compañeras de piso.

–Siempre dices lo mismo. Te consulte lo que consulte, me sales con la misma respuesta.

–Porque siempre lo haces. Te preocupas por todo.

Lucía era su amiga desde los doce años y, aunque habían estudiado carreras distintas, ya que ella había cursado Derecho, seguían compartiendo buena parte de su vida en aquel piso viejo y mal ventilado de la parte sur de Madrid. Sus sueldos todavía no daban para plantearse una independencia total, así que se habían acostumbrado a sus rutinas. Aun así, los caracteres de cada una eran muy diferentes, ya que María siempre había sido una persona muy responsable y calmada y, en cambio, su amiga era un terremoto.

La tercera persona del piso iba rotando porque necesitaban ese dinero para el alquiler. En esos momentos, la habitación más pequeña la ocupaba Marta, que estaba preparando unas oposiciones para ser funcionaria.

Cuando sonó el despertador el lunes, María no había llegado a ninguna conclusión sobre el tema de Ibrahim, así que decidió esperar un poco a ver cómo se desarrollaban las cosas. Aunque nunca lo reconocería delante de ella, Lucía tenía razón: siempre tendía a preocuparse demasiado por cosas que luego se solucionaban solas. Pero esa misma mañana descubriría que esta no iba a ser una de esas ocasiones.

Después de las dos primeras horas de clase se dirigió a la sala de profesores para tomarse un café que la ayudara a despertarse del todo. Allí coincidió con varios compañeros, con quienes comentó temas relativos a los exámenes que pronto deberían empezar a plantear. Ese era siempre un período en que todo el centro se ponía en tensión, incluidos los profesores.

Carlos la saludó con un gesto de la cabeza, pero no hizo intención alguna de acercarse, de manera que, cuando sonó el timbre que anunciaba el final del recreo, acabó su café y recogió sus papeles antes de dirigirse a la siguiente clase con un grupo de tercero. Al salir, se encontró con una representación de alumnos del grupo B de segundo, con los que ese día no tenía clase, que la estaban esperando en la puerta de la sala de profesores. La comitiva la componían Julia, Kevin, Alberto, Cristina, Álvaro y Danna.

–¿Qué hacéis aquí? Deberíais estar en clase –les dijo.

Se miraron los unos a los otros sin decidirse a hablar, hasta que Julia lo hizo en nombre de todos.

–Es que hoy en el patio hemos estado hablando con Ibrahim y nos ha explicado más cosas de su viaje.

Se les notaba nerviosos porque la sala de profesores intimidaba un poco a los alumnos más jóvenes. María pensó que hacía falta mucha iniciativa para plantarse allí y esperarla; aquel no era el lugar ni el momento para hablar, salvo que fuera algo urgente.

–¿Y? –los apremió.

–Pues que hemos pensado que, quizá... –intervino Kevin.

–Mirad, chicos, mejor hablamos mañana –dijo María mirando el reloj que le regalaron sus padres cuando acabó la carrera y que solo se ponía cuando trabajaba–. Ahora tengo una clase con los de tercero y ya voy tarde.

–Solo es un momento –le dijo Cristina.

–Además, vosotros tendríais que estar en clase también –insistió María un poco impaciente porque odiaba llegar tarde a cualquier parte, y más en el trabajo.

–Hemos pedido permiso al profe de Mates –le respondió Cristina.

–De acuerdo, de acuerdo –se rindió–. ¿Qué pasa?

–Hemos hablado entre todos y por eso hemos venido uno de cada grupo.

María no se había dado cuenta de que, efectivamente, eran seis: un componente de cada uno de los grupos que habían hecho para el trabajo por proyectos. Julia acabó de explicar su propuesta.

–Hemos pensado que tal vez podríamos hacer un solo proyecto entre todos, en lugar de hacer seis.

–¿Qué quieres decir? –dijo María arrugando la frente.

Era un gesto que había heredado de su abuela, o eso le decían a menudo sus padres.

–Querríamos trabajar todos juntos el viaje de Ibrahim –concluyó Julia–. Bueno, no todos querían, pero lo hemos votado. Además, los viajes históricos son un rollo y no nos gustan mucho; en cambio, a Ibrahim lo conocemos y lo que cuenta es increíble.

Como María no dijo nada, Violeta insistió.

–¿Podemos hacerlo?

–Bueno, no sé... Dejad que lo piense.

–Vale. ¿Nos lo dirás mañana?

–Sí, de acuerdo. Mañana lo hablamos.

Aunque María trató de concentrarse en sus clases el resto de la mañana, no pudo evitar que la propuesta de sus alumnos le diera vueltas en la cabeza.

Si ya dudaba sobre si debía exponer a Ibrahim cuando el trabajo sobre ese viaje solo iba a hacerlo su grupo, ahora, que proponían que toda la clase participara, la cosa cobraba otra dimensión. Por una parte, estaba encantada del nivel de empatía e iniciativa que habían mostrado los del grupo B, pero no tenía nada claro que eso fuera lo más adecuado. Entendía que les interesara más lo que vivió su compañero que el viaje de Colón.

Cuando acabó la jornada, coincidió con Carlos a la salida y decidió hablarlo con él. Necesitaba otra opinión y él estaba a favor del proyecto, de manera que esperaba que no se mostrara demasiado crítico ni la tomara por una exagerada.

–Es una cuestión delicada –le reconoció cuando se lo explicó.

Eso la tranquilizó, porque era evidente que no era producto de su tendencia natural a exagerar las dificultades.

–Eso pensé, pero no sé qué hacer.

–¿Y si lo hablas con Gloria?

Ese parecía el paso adecuado, pero no quería que su propuesta sobre el trabajo por proyectos empezara a desencadenar problemas tan pronto. Carlos lo entendió solo con ver su reticencia.

–Ya, claro. Seguramente no sea la mejor solución.

–Es que no quiero complicarlo más. Ella me ha apoyado en esto.

–Sí, sí, lo entiendo.

Se quedó callado, reflexionando un momento mientras por su lado pasaban los alumnos que salían con hambre y ganas de llegar a sus casas. Los chicos iban hablando en voz alta o dándose empujones y las chicas reían mientras caminaban en grupos compactos. María pensó que algunas cosas no cambiaban por mucho que pasaran generaciones.

–¿Y si lo hablas con su familia?

–¿Cómo?

–Bueno, no sé. A lo mejor ellos pueden decirte si todo eso lo perturbó mucho o no.

–¡Claro! Sí, qué buena idea –respondió.

Le pareció que esa sería una buena manera de solucionar sus dudas. Lo que estaba dispuesto a explicar Ibrahim afectaba a toda la familia y haría público un episodio que los incluía a todos. Necesitaba que ellos estuvieran de acuerdo porque los chicos lo contarían en sus casas y eso tenía que ver con la intimidad de toda la familia, incluida su hermana Nabiha, que cursaba primero de Bachillerato en el mismo instituto.

–Puedes pedir la dirección en conserjería. Si le dices a Nesi que lo necesitas para una visita o algo por el estilo, te la dará sin problemas.

Decidió que podía acercarse en ese mismo momento, ya que no tenía nada previsto para comer y por la tarde no había clases. Además, la casa estaba a apenas diez minutos del centro y sabía que no se encontraría con Ibrahim: los lunes a esa hora hacía un refuerzo de Matemáticas porque esa asignatura le costaba un poco.

Después de consultar el recorrido en su móvil, llegó al lugar en pocos minutos. Era uno de esos edificios anónimos construidos con prisa y sin gracia que antes habían albergado a personas llegadas de todas partes del país y que una generación después habían sido el lugar de encuentro de las nuevas olas de inmigrantes, como sucedía con la familia que iba a visitar.

Era un barrio obrero, castigado una y mil veces por las crisis económicas y el paro, que formaba parte del paisaje urbano de muchas ciudades.

Consultó de nuevo el papel en el que Nesi le había apuntado la dirección sin hacerle ninguna pregunta. En aquel centro no era extraño que un profesor decidiera hablar con la familia de alguno de sus alumnos para solucionar problemas o incluso para prevenirlos.

Llamó al interfono y se identificó cuando una mujer joven respondió. Al llegar al tercer piso, Nabiha la esperaba en la puerta con una mezcla de sorpresa y preocupación.

–¿Están tus padres en casa? –le dijo cuando se recuperó un poco de haber subido las escaleras demasiado rápido.

–¿Pasa algo con Ibrahim?

En algunas familias de inmigrantes como aquella era bastante normal que los hermanos mayores fueran los primeros interlocutores con la escuela.

–No pasa nada, no te preocupes. Solo quería consultar una cosa con tus padres.

–Vale, espere un momento.

María pudo escuchar una rápida conversación en un idioma que creyó identificar como árabe. Unos segundos después, el padre de Ibrahim se plantó en la puerta con un gesto no especialmente amistoso en la cara.

–¿Qué ha hecho mi hijo? –preguntó con un castellano cargado de acento.

–Nada, nada, no se preocupe. Ibrahim es un chico estupendo –respondió para calmarlo.

–¿Entonces?

Era evidente que aquel hombre no dominaba la lengua como sus hijos, algo normal porque los chicos se integraban a gran velocidad allí donde fueran a parar. En cambio, a los adultos les costaba mucho más introducirse en un entorno social nuevo y totalmente diferente al que crecieron.

La miraba con cierta impaciencia, así que decidió explicárselo todo enseguida. Esperaba poder haber hablado también con la madre de Ibrahim, pero sabía que en cada cultura las cosas se hacen de maneras diferentes.

En menos de dos minutos, le resumió la cuestión. Le explicó lo del trabajo por proyectos sobre viajes y cómo los compañeros habían pedido que el que hizo Ibrahim con su padre fuera el escogido.

–Lo que no quiero es que ustedes se sientan incómodos por lo que su hijo pueda explicar de esa terrible etapa que tuvieron que pasar. Me gustaría contar con su permiso antes de seguir adelante.

–No –le respondió de inmediato.

María esperó unos segundos por si añadía una explicación, pero, al ver que no llegaba, trató de enfocarlo de otra forma.

–Creo que para su hijo es muy importante compartir esa experiencia con sus compañeros y eso hará que los chicos entiendan mejor lo que significa emigrar a otro país, a otra cultura. De esa forma, podrán generar su propio criterio cuando escuchen algunas noticias que les llegan y que no explican bien el fondo de las cosas.

–No queremos que todo el colegio hable por nosotros –le respondió sin modificar su expresión dura e impenetrable.

–Ya, lo entiendo, pero...

–No, usted no entiende –la cortó.

–Bueno, claro que no he pasado por esas situaciones horribles, pero precisamente por eso intentamos comprender lo que sucede en estos casos.

El hombre se frotó la cabeza con la mano. Su pelo negro estaba enmarañado a pesar de que lo llevaba relativamente corto. Cuando volvió a hablar, se notaba que hacía un esfuerzo por no parecer demasiado brusco.

–Usted es una profesora muy buena, Ibrahim nos dice en casa. Agradecemos que trate con cariño porque es muy buen chico. Lo que sucedió en ese viaje no interesa a todo el colegio.

–Bueno, no, claro...

–Además, él no debe recordar algunas cosas de allí. Hacen mucho daño.

–Lo entiendo, claro.

–¿Algo más?

–No. Gracias por su tiempo.

No podría decir que le cerrara la puerta en las narices, porque lo hizo suavemente, pero lo cierto fue que se encontró en el rellano sin saber muy bien qué hacer.

Decepcionada, se dirigió a la parada del autobús que Google Maps le marcaba como el mejor camino para llegar a su piso. Comprobó en el panel que tendría que esperar unos diez minutos.

Se sentó y repasó la conversación que acababa de tener por si había dicho algo inconveniente, pero no lo encontró. Seguramente aquella había sido una mala idea, aunque dejaba bien claro que no era posible seguir adelante con el proyecto común en el grupo.

Tendría que pensar en algo para explicar a sus alumnos, que habían tenido esa iniciativa cuando lo normal era que se limitaran a hacer lo que les pedían. Estaban acostumbrados a no implicarse demasiado y para una vez que lo hacían... María temía que esto iba a confirmar a muchos de ellos que lo mejor era no participar en su formación más allá de lo justo.

–Perdone... ¿Usted es la profesora? –le preguntó una mujer que se le había acercado sin que se diera cuenta.

Era bajita, con los ojos muy negros, y se cubría la cabeza con un pañuelo precioso de muchos colores. Su acento era parecido al del padre de Ibrahim, pero mucho más marcado, así que supuso que era la madre de su alumno.

–Sí... Y usted es la madre de Ibrahim, supongo.

–Soy Zaima.

–Encantada. He ido a su casa hace un ratito y...

–Sí –la cortó–. Yo estaba allí y sé cómo ha dicho mi esposo.

–Verá, yo no quería que eso supusiera un problema. Solo pensé que, antes de que Ibrahim explicara cosas de su familia, debían saberlo.

–Lo sé y es buena idea.

–Pues no parece que lo haya explicado demasiado bien.

–No preocupes por Amid. Él se siente mal por todo lo que pasó.

–Ya imagino.

En ese momento, el autobús se acercó a la parada y María lo miró, dudando en si debía subir y dejar todo aquello atrás.

–Solo un momento... si usted puedes hablar.

María sonrió y le dijo que podían pasear un rato si quería, que no tenía prisa.

–No paseo. Tengo que volver a casa pronto.

–De acuerdo.

Zaima se sentó en el banco de plástico de la parada. Estaban solas, de manera que podían hablar sin problemas.

–Él se siente muy mal por nuestro hijo, por todo lo que pasó.

María se sentó también sin decir nada.

–Todo fue horrible en ese viaje. Amid piensa que no pudo proteger su familia como debía ni a su hijo. Por eso no quiere hablar más con ello.

Se notaba que para ella el idioma suponía un esfuerzo algo mayor que para su marido.

–Tuvo que ser espantoso y entiendo que se sienta mal, pero Ibrahim no parece haberlo vivido igual.

–No, él es muy fuerte.

–Lo es, y un gran compañero. Todos en la clase lo aprecian mucho, precisamente por eso querían trabajar en su viaje. Creo que a él también le da un poco de miedo... Pero no hablar no lo ayudará.

–Es muy valiente.

–Todos ustedes lo son.

Se hizo un silencio solo roto por el tráfico que a esa hora recorría las calles de aquel barrio en las afueras de la ciudad.

–En casa no hablamos de lo que pasó. Mi marido todavía sufre. Y eso no es bueno.

–No, no lo es.

–Tengo que volver.

María no sabía qué decir, así que ambas se levantaron y se miraron a los ojos.

–Hagan el trabajo.

María quería tener claro lo que acababa de escuchar.

–¿Se refiere al trabajo sobre su viaje?

–Sí, el viaje de Ibrahim.

–Pero su marido...

–Yo me ocupo –le respondió con una rotundidad que eliminó cualquier duda que le pudiera quedar.

Cuando ya se separaban, a María se le pasó por la cabeza una última duda.

–Y su hermana...

Zaima se dio la vuelta y le sonrió con cierta timidez, pero en su rostro había una determinación que no necesitaba demostrar de otra manera.

–Yo me ocuparé de familia. Usted ayude a mi hijo para olvidar los fantasmas que todavía viven con nosotros juntos.

–Lo haré lo mejor que pueda.

–Lo sé –le dijo antes de volver sobre sus pasos.

María se quedó observándola hasta que desapareció por la esquina. No le cabía ninguna duda de que aquella mujer era muy capaz de ocuparse de lo que fuera.

Las piezas de Lego

—Muy bien, ¿todo el mundo tiene clara su tarea? –preguntó María mientras la escuchaban en silencio.

Después de su encuentro con Zaima, no le quedó ninguna duda de que debía seguir adelante con el proyecto; y no solo por los alumnos y las competencias que pudieran adquirir gracias a él. Sentía que se lo debía a esa mujer, todavía joven, pero que ya había vivido varias vidas y no todas buenas.

También se lo debía a Amid, a pesar de que se mostrara contrario, y seguramente a Nabiha, que había tenido que superar sus miedos y sus frustraciones cuando iniciaba la adolescencia. Mientras la mayoría de las que ahora eran sus amigas pensaban en qué ropa les iban a dejar comprar sus padres, ella intentaba sobrevivir en una zona del mundo llena de peligros inimaginables. Y ahora estaba estudiando Bachillerato en un país del que hasta hacía poco tiempo no sabía nada y queriendo formarse como bióloga.

Pero, por encima de todo, se lo debía a Ibrahim, el chico valiente y amable a quien no le daba miedo compartir un período muy oscuro de su todavía corta existencia. Eso, en un mundo en el que todos tratan de aparentar en las redes sociales lo genial que es su vida, era algo que no podía dejar pasar.

Habló con Gloria de la propuesta de sus alumnos para hacer un solo trabajo y que este sería el del viaje de su compañero. Ella la escuchó con paciencia antes de responderle.

–Te estás metiendo en un terreno complicado.

–Lo sé.

–Sé que lo sabes, pero tengo que decírtelo. En cualquier caso, debes hacer lo que creas que es mejor para tus alumnos, solo te debes a ellos.

–Eso intento.

–Entonces, prepárate a darte algunos golpes, pero sigue adelante.

María quiso entender que, llegado el caso de que surgieran problemas, podía contar con su apoyo. Aunque, en realidad, no se lo había dicho así, por el momento era suficiente; tenía que serlo o, de lo contrario, sería mejor no empezar.

Se lo explicó a sus compañeros y quedó muy sorprendida de que algunos se mostraran tan contrarios e incluso bruscos con ella.

–Lo haces para dar la nota –le soltó el profesor de Matemáticas de tercero.

–Vamos a tener problemas con los padres, seguro –lo apoyó Carmen.

A pesar de las dudas, no se arrugó; porque contaba, o al menos eso creía, con el apoyo de la dirección. También hubo quien le mostró claramente su confianza, como Carlos. Este, además, le propuso algunas ideas interesantes para poder gestionarlo.

–Creo que sería buena idea que mantuvieras los mismos grupos de trabajo que planteaste al principio, de manera que tengan trabajos específicos, aunque sea un único proyecto. Si los metes a todos a hacer lo mismo, vas a tener un problema para controlarlos –le dijo Carlos cuando acabaron la reunión.

Pensó en ello y decidió que era buena idea, por lo que, cuando volvió a coincidir con el grupo de segundo B en una tutoría, les dijo que aceptaba su propuesta de componer entre todos el viaje de Ibrahim, pero que seguirían trabajando por grupos.

–¿Y cómo lo haremos? –quisieron saber unos cuantos de lo más lanzados.

–Dividiremos el viaje en etapas y cada grupo se encargará de una de ellas. Cuando las asignemos, trabajaréis en la que os toque de la forma que vosotros escojáis. Al final juntaremos todo para tener un solo proyecto general.

Hubo algunas protestas y nuevos intentos de cambiar los grupos, pero ella se mostró inflexible. También surgieron una gran cantidad de preguntas que trataron de resolver entre todos de forma un tanto caótica.

Ibrahim intentaba responder a todo lo que necesitaban saber de su viaje para poder dividirlo en etapas. María lo estuvo observando y parecía ser el de siempre, por lo que se atrevió a pensar que no le habían dicho nada de la visita que hizo a su familia.

Se dio cuenta de que Julia no parecía interesada en participar, cosa muy extraña, ya que ella era de las que siempre se mostraba activa en clase. Se acercó mientras los demás se movían por el aula con cierta agitación.

–¿Estás bien?

–Sí –se limitó a responder.

Pero era evidente que no. Sin embargo, aquel no era el momento de profundizar porque el nivel de alboroto amenazaba con desbordar los límites.

Por fin, después de media hora de movimiento, discusiones, risas y algún enfado, lo habían conseguido. María pidió que todos volvieran a sus asientos y que se calmaran.

No fue fácil: a esa edad resulta sencillo encender la mecha, pero cuesta mucho apagar un fuego que quema con mucha energía.

–Vamos a repasarlo entre todos para tener claro lo que hemos acordado y poder empezar a trabajar, ¿de acuerdo?

Una mano se levantó como una flecha.

–¿Sí, Guillermo?

–A mí no me gusta lo que nos ha tocado. Es la peor etapa de todas.

–Eso no tiene importancia –intentó animarlo María–. Cada uno de vuestros trabajos forma parte de uno mayor. Es una pieza y todas son igual de importantes, como pasa con el Lego, ¿sabéis?

–Yo ya no juego con el Lego –le respondió Kevin muy convencido.

–Ni yo –insistió Danna.

–De acuerdo, tal vez ya sois demasiado mayores para jugar con el Lego, pero seguro que sabéis cómo funciona, ¿verdad?

Todo el mundo asintió.

–Cada uno de vuestros trabajos será como una parte de la estructura. Al final, cuando juntemos todas las piezas, tendremos nuestra construcción –les aclaró.

–¿Y qué estamos construyendo? –preguntó Keyla.

María no tuvo tiempo de responder porque se le adelantó Pilar.

–Pues el proyecto del gran viaje de Ibrahim –le aclaró con firmeza.

–Eso mismo –confirmó María.

–¡Aaah! ¡Vale! De acuerdo –se conformó Keyla.

María hizo una pausa porque sabía que, a veces, algunas dinámicas de la clase formaban como un remolino que no paraba de girar y girar y no conseguías frenarlo si no te detenías un segundo y tomabas un poco de aire.

Inspiró profundamente y fue soltando el aliento muy despacio. Pidió a sus alumnos que hicieran lo mismo cinco veces y consiguió algo de calma.

–Bien. Repasemos, pues. El grupo de Ibrahim hará la parte del viaje por el desierto.

Miró hacia ellos y todos afirmaron con la cabeza.

–Vosotros –señaló al grupo cuya portavoz era Danna– buscaréis información sobre esas horribles prisiones que nos ha explicado que hay en Libia, sobre todo de ese centro de detención en Misratah donde estuvieron tanto tiempo.

Antes de empezar a repartir los trabajos y las etapas, Ibrahim, que estaba muy contento de que sus compañeros hubieran decidido hacer un trabajo sobre su largo y difícil viaje, les había explicado de nuevo su trayecto y los hechos más destacados que le habían sucedido. María siguió asignando las correspondientes etapas a cada uno de los grupos.

–El grupo número tres... –continuó refiriéndose esta vez al que lideraba Pilar–. Vosotros buscaréis todo lo que tenga que ver con el viaje por mar hasta Lampedusa.

Cristina intentó protestar, porque aquella parte era la que querían desarrollar en su grupo, pero María la cortó.

–Ahora no, Cristina. Ya os he explicado que iba a ser yo quien repartiría las etapas del viaje y a vosotros os he asignado buscar información sobre los campos de refugiados o de detención que hay en esa isla.

Cristina bajó la mano e hizo un gesto de conformidad, aunque con reservas. Tal vez, a pesar de no ser su primera opción, investigar sobre Lampedusa no estaba tan mal.

–Vosotros, Alberto, seréis el grupo cinco y buscaréis datos sobre las ONG que ayudan a gente como Ibrahim a encontrar un lugar donde establecerse, como hicieron con él y su padre cuando gestionaron toda la documentación y el traslado que los permitió llegar por fin a Madrid.

–¡Sí! –respondió Alberto entusiasmado–. Y así sabremos cómo nos trajeron a nuestro compañero como si fueran esos de Amazon que llevan paquetes por todas partes.

Todos rieron, incluido Ibrahim, a quien habían pedido que ejerciera un poco de comodín ayudando a cada grupo, además de hacer su propio trabajo en el suyo, para que todos tuvieran una información correcta sobre el viaje.

–Serás una especie de asesor externo –le dijo María con mucho orgullo.

A pesar de que no acabó de entender lo que se suponía que tenía que hacer con los otros grupos, y todavía menos aquello de ser un «asesor externo», aceptó encantado el cargo. Era la primera vez en su vida que alguien lo hacía sentir especial, aparte, por supuesto, de su propia familia. Siempre le decían que se había integrado muy bien en su nuevo país, pero nadie se siente del todo en su casa hasta que los demás te reconocen plenamente. Y aquella era, sin duda, la ocasión para él.

–Solo nos queda uno –dijo María un poco agotada de todo aquello–. Vosotros seréis el grupo seis y tendréis una tarea que no está ligada directamente al viaje de Ibrahim.

Ese grupo, que tenía como portavoz a Álvaro, trabajaría un aspecto complementario, pero a la vez muy importante para entender del todo lo que tuvo que pasar su compañero desde que dio aquel primer paso dejando su casa.

–Buscaréis información sobre el viaje que hacen muchos refugiados pasando por Turquía y Grecia, como hicieron la madre y la hermana de vuestro amigo.

–Sí, es muy importante que también salga eso –intervino Ibrahim con rotundidad–. Durante todo el viaje con mi padre, cada noche rezábamos por ellas y yo no volví a ser feliz hasta el día que nos reencontramos en nuestra nueva casa en Madrid.

–Pero esto no es Madrid –le advirtió Julia–. Estamos en Móstoles.

–Sí, Julia –le respondió María–. Creo que Ibrahim sabe muy bien dónde vive. Cuando él dice eso de Madrid, se refiere a que vivieron acogidos en la capital un tiempo hasta que se reencontraron con su madre y su hermana. Fue después cuando se mudaron a vivir a Móstoles.

–Sí –confirmó él–. Mi padre encontró trabajo en una fábrica de aparatos electrónicos aquí y sus compañeros nos ayudaron a encontrar el piso en el que ahora vivimos.

Cuando todo el mundo lo tenía más o menos claro, empezaron a organizarse para buscar información sobre las correspondientes etapas utilizando los portátiles que tenían desde el inicio de la ESO. Cuando llegaran al final de etapa, los sustituirían por otros nuevos o los devolverían si no cursaban Bachillerato. La tecnología avanzaba a una velocidad desaforada y mantener un ordenador cuatro años ya parecía una heroicidad.

Ese fue uno de los centros públicos pioneros en la ciudad en introducir el uso de los ordenadores en la gestión del aprendizaje gracias, sobre todo, al empeño de Gloria, la directora, que estuvo encima de la Consejería de Educación de la Comunidad de Madrid hasta que los incluyeron en las primeras listas. A pesar de que había algunos aspectos mejorables, la experiencia, en general, había sido favorable y, además, resultaba del todo imparable porque su uso se había generalizado a todos los centros. El principal problema era que obligaba a los profesores a vigilar constantemente que no se utilizaran en horario escolar para otras cosas, como interactuar en las redes sociales o la distribución de vídeos absurdos que se compartían y distraían a todo el mundo. A veces, en mitad de una clase se escuchaba reír a algunos alumnos por ese motivo.

La explosión de la red TikTok había acabado de complicar la vida a los profesores y de lanzar a los alumnos a un mundo virtual en el que estaban expuestos sin control. A pesar de que se suponía que a esa edad no deberían tener acceso, María no conocía ni a uno solo de sus alumnos que no tuviera un perfil falso para entrar en la red. De hecho, algunos contaban con el consentimiento expreso de sus padres para hacerlo.

María se dio una vuelta por el aula para ver cómo se habían organizado y comprobar que todos los grupos empezaran a planificar el desarrollo de sus etapas. Dejarles la responsabilidad de tomar decisiones sobre la organización, las fuentes de consulta que debían utilizar y cómo encontrar la información más relevante en ese inmenso océano que era internet formaba parte de la estructura misma del proyecto, aunque, evidentemente, ella debía estar cerca para echarles una mano y guiarlos.

Empezó por el grupo de Ibrahim; todo el mundo escuchaba algunos de los detalles que les estaba explicando sobre su marcha por el desierto.

–No teníamos casi agua y mucha gente sufría mientras el calor se volvía insoportable. El hombre que nos hacía de guía iba a su ritmo sin preocuparse del grupo y mi padre decía que lo hacía así para librarse de los más débiles. Al principio fuimos tirando más o menos bien, caminábamos tres o cuatro horas y entonces nos deteníamos un rato y nos daban un poco de agua, unos dátiles o algo por el estilo. Pasé mucho calor y también mucha hambre en ese camino.

–Aquí dice... –intervino Julia mirando una información en el portátil–, dice que casi una tercera parte de los que hacen este viaje por el desierto de Libia no llegan al final. ¿Quiere decir que...?

No acabó la frase porque les costaba creer que la gente muriera en medio del desierto en pleno siglo XXI. María dudó si debía intervenir; no se trataba de esconder los hechos, aunque fueran duros, pero tampoco quería que se recrearan en esa desgracia. A final, fue el propio Ibrahim quien se lo explicó.

–Aquello es inmenso, el Sáhara es uno de los desiertos más grandes del mundo. Yo solo vi un hombre muerto y no era de nuestro grupo. Nos lo encontramos cuando nos acercábamos a uno de los pocos oasis que hay.

–¿Un oasis de aquellos que salen en las pelis con palmeras y mucha agua? –le preguntó Catherine.

–Bueno, no exactamente. Hay algunas palmeras y todo el mundo intenta refugiarse en la pequeña sombra que dan, pero no hay lagos de agua, sino tal vez un pozo con el agua sucia y llena de arena. Si querías beber un buen trago, tenías que pagar al guía. Por suerte, mi padre llevaba algún dinero escondido; si no, no habríamos sobrevivido.

Cuando María decidió cambiar de grupo, escuchó que Luis preguntaba:

–¿Qué sabor tenía el agua con arena?

No pudo evitar sonreír. A esa edad, las grandes desgracias son difíciles de medir y todavía más de asumir, de forma que a menudo se desvía la atención hacia las cosas más próximas y pequeñas.

En el grupo de Danna, Guillermo estaba explicando algunos datos que había encontrado en un informe de ACNUR, que era una agencia de la ONU para los refugiados y, por tanto, una fuente de información fiable y rigurosa. Cuando vieron aparecer a la profesora, le explicaron su descubrimiento.

–Las cosas que cuenta aquí son horribles –dijo Guillermo con sus ojos verdes y brillantes–. Hemos encontrado fotos del centro en el que estuvo cuatro meses retenido con su padre y es como una prisión espantosa. Todo está sucio y la gente parece desesperada por salir. Aquí dice que a muchos los golpean y que algunos niños incluso desaparecen...

El silencio se hizo espeso y María no supo muy bien qué decir. Una de las cosas que le daba cierto temor de aquel proyecto era la brutalidad con la que se tendrían que enfrentar sus alumnos y cómo eso les podía afectar cuando apenas tenían trece años. De hecho, había compartido esa reserva con sus compañeros y eso generó un debate intenso y la formación de dos bandos que opinaban de forma muy diferente. Fue Carlos, el profesor de Geografía, quien decantó la balanza.

–Estos chicos ya están bastante sobreprotegidos en sus casas, viven en una especie de burbuja que no se corresponde con lo que pasa en el mundo. Creo que desde los centros educativos tenemos la responsabilidad de hacerles ver cómo son de afortunados y lo injusto que es a veces todo lo que pasa a su alrededor. No es fácil afrontar la realidad. De hecho, los adultos a menudo buscamos vías de escape como ver un partido de fútbol, planificar las vacaciones de verano o cualquier excusa para evitar pensar en los problemas que nos rodean, pero no podemos dejar que esta generación no sea consciente de lo que ocurre no muy lejos de ellos. En realidad, creo que es nuestra obligación que sepan cómo han sufrido muchos de sus compañeros para lograr la vida que a veces ellos encuentran aburrida o poco interesante.

–Todo eso que dices está muy bien –intervino entonces Lupe, la profesora de Tecnología–, pero, cuando los padres se enteren de lo que están leyendo sus hijos, vamos a tener un problema.

En ese momento, miraron a la directora, que se limitó a decir:

–Lo afrontaremos... aunque debes ir con cuidado, María.

–Lo tendré.

–¡Venga ya! –intervino de nuevo Carlos–. Si vamos a tener miedo de todo, más valdría dedicarnos a otra cosa.

A ella le gustaba Carlos, y su energía y compromiso. Incluso a veces pensaba que tal vez eso iba más allá de su faceta como profesor. Era apasionado, guapo y le encantaba su profesión. Tal vez...

Puso fin a su abstracción para centrarse en lo que tenía delante: un grupo de chicos y chicas que descubrían directamente la crudeza de la barbarie que se producía no tan lejos de su casa. Por otro lado, tampoco quería que acabaran demasiado angustiados por todo aquello, de forma que trató de calmarlos.

–¡A ver! ¡Parad un momento y escuchadme! –dijo en voz alta para que todo el mundo dejara el trabajo y le prestara atención.

Cuando comprobó que la escuchaban, les dijo:

–Algunas de las cosas que iréis descubriendo en este proyecto serán horribles...

–Hemos visto como la gente se ahoga –la interrumpió Kevin, que trabajaba sobre la ruta por mar.

–Ya... –le respondió tomándose unos segundos antes de continuar–. Mirad, la mayoría de los sufrimientos por los que tuvo que pasar vuestro compañero no deberían existir. Nadie tendría que poner en peligro su vida para huir de su país, pero las guerras son terribles y provocan que mucha gente intente desesperadamente llegar donde puedan tener una vida en paz y libertad. ¿Verdad, Ibrahim?

Él sonrió y dijo:

–Sí, yo vivo aquí porque tuvimos que irnos de nuestra casa, pero algún día me gustaría volver. Yo soy del Sudán, aquello es nuestro hogar y siempre lo será.

–A lo mejor todavía está allí tu perro Ka cuando vuelvas –le dijo Catherine, que se sentaba a su lado.

–No sé cuándo podremos volver –se limitó a responderle.

María retomó la palabra.

–No quiero que os angustiéis con lo que iréis encontrando cuando busquéis la información que os hace falta para vuestro trabajo. Tampoco quiero que os centréis en las muertes o en las cosas malas. Seguramente encontraréis a gente que actúa con mucha solidaridad en estos casos, ¿no es así? –preguntó dirigiéndose de nuevo a Ibrahim.

–¡Ohhh, sí! –respondió recuperando su habitual alegría–. Por el camino encontramos a muchas personas que nos ayudaban y nos daban de comer o agua sin pedirnos nada a cambio. Recuerdo una de las noches que íbamos con un camión abierto y todos temblábamos de frío. Nos tropezamos con unos bereberes que eran del pueblo nefusa, según me explicó mi padre. Son nómadas que viven en el desierto con algunos animales y que no reconocen más jefes que los de su tribu. Nos acogieron muy bien porque su ley, que es muy antigua, los obliga a atender a los viajeros que cruzan las dunas. A mí me hicieron dormir en una tienda enorme y me dieron mucha comida y agua. Por la noche cantaron canciones al lado del fuego y una de las mujeres me regaló un colgante con un amuleto que dijo que me protegería en mi viaje.

–Pues parece que sí que lo hizo –le dijo María.

–Sí, mirad.

Metió la mano por el cuello de su camiseta y sacó un colgante que llevaba sujeto con un cordel deshilachado. Se trataba de una pequeña piedra de color marrón oscuro con algunas manchas rojas.

–La bereber que me la dio me dijo que la había encontrado cuando enterró a un hijo que se le murió justo en el momento de nacer. Ellos entierran a sus seres queridos en el desierto, que es su tierra sagrada. Me explicó que encontró esta piedra al hacer el agujero con sus manos y que simbolizaba la sangre que empapa la arena con la gente que muere intentando cruzar el desierto. La llevo siempre encima.

–¡Hostia! ¡Qué pasada! –dijo Óscar de repente, aunque enseguida se puso la mano en la boca y pidió perdón.

María lo miró, pero no le dijo nada. Todo el mundo sabía que en clase no se podían decir palabrotas, pero, en un momento así...

–Qué pena lo de su bebé... –le dijo Sheila con los ojos un poco llorosos.

Violeta preguntó si hubo alguien más que los ayudara en su difícil viaje e Ibrahim levantó las manos en un gesto que trataba de mostrar que fueron muchos.

–El tiempo que pasamos en esa prisión fue horrible y había gente con la que debías tener mucho cuidado. Pero también había algunos hombres que no tenían nada para comer y, aun así, le daban pedazos de pan a mi padre para que me los diera a mí. Incluso parece que le caí bien a uno de los soldados que nos vigilaba y... ¡me regaló una lata de Coca-Cola entera!

Algunos de sus compañeros empezaron a darse cuenta de lo que significaba disponer de una simple lata de refresco en una situación así y que quizá deberían valorar más todo aquello que a veces parecía poca cosa.

Otros seguían sin entenderlo, como Andrés, que dijo:

–¡Pues vaya regalo, una lata!

Ibrahim ni siquiera le respondió.

–La compartí con mi padre, a pesar de que él no quería porque decía que era demasiado dulce. Pero yo sabía que lo hacía para me la quedara toda y no quise, así que nos la fuimos bebiendo despacio y nos duró tres días.

–Yo me la bebo en un minuto y después suelto unos eructos enormes –le dijo Luis. Y los dos se pusieron a reír.

Aquella risa, como acostumbraba a suceder en momentos de tensión, se contagió a todo el grupo y destensó un momento que era difícil de digerir para todos.

–En Lampedusa, en el campo donde estuvimos casi seis meses pasando frío y hambre, venía gente de todas partes a ayudarnos. Conocí a chicos y chicas de Suecia, de Francia, de Portugal y de aquí que aprovechaban sus vacaciones y hacían de voluntarios. Nos daban de comer, construían lavabos e incluso improvisaron una pequeña biblioteca. Aprendí un poco de español, ya que lo que queríamos era llegar hasta aquí. En fin, mucha gente nos ayudó en todo ese tiempo.

Como aquello había provocado una pequeña pausa, María aprovechó para darles algunas indicaciones más.

–Bien, pues ya sabéis que no debéis centraros solo en recoger los malos momentos o las cosas terribles cuando busquéis información de vuestras etapas. Quiero que también añadáis lo bueno y lo generoso que hace la gente en situaciones así.

Todo el mundo estuvo de acuerdo, por lo que, antes de que acabara la tutoría, les explicó que la siguiente semana tendrían que tener preparada una primera compilación de información de cada una de las partes y así podrían ir montando ese Lego que les había propuesto.

Las piezas irían encajando hasta que la construcción estuviera acabada y, entonces, decidirían qué hacer con ella.

El espejo

La semana había sido muy agitada para los alumnos que hacían el proyecto. Cuando todos entendieron lo que tenían que hacer, la actividad se trasladó a otras asignaturas. Trabajar por proyectos implicaba la necesidad de vincular la transmisión de conocimientos a un centro de interés que, en este caso, era el viaje de Ibrahim. A los demás profesores, con mayor o menor entusiasmo, les tocaba relacionar su materia con aspectos muy diversos de ese viaje.

De ese modo, con Carlos estudiaron la geografía física e incluso política de los países por donde pasaron Ibrahim y su padre. Conocieron el clima de la región, los principales territorios por los que transcurre el famoso río Nilo, considerado como la cuna de la civilización moderna, y también algunas zonas montañosas que a menudo pasaban desapercibidas en la ruta que siguieron desde el Sudán.

Repasaron las características del inmenso desierto del Sáhara, que era tan grande como, por ejemplo, Estados Unidos o China y que se extendía por doce países del continente. Descubrieron que había dunas que podían llegar casi a los doscientos metros de altura, algo que sorprendió a todo el mundo, y sobre todo, hablaron de las temperaturas extremas que podían estar entre los cuarenta y cincuenta grados durante el día y caer por la noche hasta temperaturas por debajo de los cero grados.

–¡Eso es imposible! –dijo Álvaro al escuchar ese rango tan increíble–. ¿Cómo va a hacer frío en el desierto? Allí te asas.

Carlos les explicó que la arena apenas retenía el calor; esto, sumado a la extrema falta de humedad que se daba en esos entornos, provocaba que la temperatura sufriera una gran variación. Ibrahim lo confirmó:

–Os aseguro que por las noches nos tapábamos con mantas y nos quedábamos cerca del fuego.

El profesor les contó que la arena de ese enorme desierto podía desplazarse miles de kilómetros impulsada por el viento, principalmente el siroco.

–Cuando sopla en dirección norte, nos llega polvo de ese desierto incluso aquí.

Cristina lo confirmó enseguida.

–Sí, mi padre siempre dice que, en cuanto lava el coche, le da por llover barro del desierto.

Del Sudán repasaron su forma de gobierno y que sus cuarenta y tres millones de habitantes pertenecían a más de quinientas tribus, lo que había provocado una convivencia difícil. Descubrieron que, después de muchos años de conflictos y guerras, muchas veces provocados por la falta de recursos y la pobreza, en 2011 se independizó una gran zona del país que pasó a llamarse Sudán del Sur.

Vieron que había muchos problemas en una zona llamada Darfur, donde vivía Ibrahim, y que la mayoría de los habitantes del país eran árabes y de religión musulmana.

–El problema se mueve en torno al agua –les explicó Carlos–. Aquí damos por descontado este tipo de bienes, solo tenemos que abrir el grifo; pero hay muchas zonas del mundo en las que vale más que el oro, porque nadie puede vivir sin ella. Tenemos que concienciarnos de que es un bien escaso y muy valioso.

–Mi madre siempre nos dice que cerremos el grifo cuando nos lavamos los dientes –intervino Luis–. Y que, si no, la factura la pagaremos nosotros cuando seamos mayores.

Cada descubrimiento provocaba un debate y ese era uno de los objetivos de este tipo de trabajos: tener una visión propia y crítica sobre las cosas, aunque algunas veces costaba controlar que los más inquietos no aprovecharan para tratar de revolver la clase. Los equilibrios en los primeros cursos de la ESO eran siempre difíciles; luego, empeoraban...

Con Susana, que era la profesora de Inglés, hicieron un recorrido sobre la variedad de lenguas que se hablaba en esa zona del continente africano.

–Pensad que, a pesar de que la mayoría de la población habla árabe, hay más de cien lenguas que todavía hoy se hablan allí, aunque algunas se van extinguiendo. Por ejemplo, tenemos la lengua nubia o los dialectos nilóticos, u otras como las lenguas dinka y nuer. Hay una gran diversidad en un país que, hasta que se separó la parte del sur, era el más grande de toda África.

–¡Menudo lío! –añadió Óscar.

También aprendieron que la moneda oficial del Sudán es la libra sudanesa y el profesor de Matemáticas les hizo calcular equivalencias con el euro y con otras monedas como el dólar.

Ramón, el profesor de Historia, les explicó que el país estuvo muy relacionado con el antiguo Egipto de los faraones y que su historia moderna estaba llena de guerras. La primera de ellas fue para conseguir su independencia de los egipcios y de los británicos, en 1956, pero después le siguieron continuas guerras civiles por motivos económicos, territoriales o religiosos.

–Hay minerales y recursos naturales muy valiosos en aquella zona y eso contribuye, sin duda, a esta violencia continuada.

Los grupos iban acumulando información y María, en las horas de tutoría, los ayudaba a ordenarla y a sintetizarla para que fuera comprensible cuando hicieran la presentación.

–Una cosa que tenéis que aprender a hacer, y para eso también sirve este tipo de proyectos, es escoger qué información es la realmente importante, porque no se puede incluir todo lo que encontréis. Siempre que se hace una investigación así, aparecen centenares de datos de todo tipo y existe la tentación de tomar cuantos más mejor para que parezca que habéis trabajado mucho. Pero lo que de verdad cuenta es que seáis capaces de transmitir una visión general. ¿Me explico?

Todo el mundo le decía que sí, pero lo cierto era que en algunos casos estaban desbordados. Las horas de tutoría servían para aprender a descartar lo que no era fiable y lo que resultaba excesivo o redundante.

Uno de los momentos que generó tensión, más por la intervención de algunas familias que por los alumnos, fue cuando en la asignatura de Valores Éticos hablaron de religión y de los conflictos que se generaban en el mundo por esa razón. La inmensa mayoría de los sudaneses, incluidos Ibrahim y su familia, eran musulmanes y en toda la historia había habido enfrentamientos con otras confesiones, como la católica.

Por lo general, Raquel, la profesora de esa asignatura, hacía lo posible para evitar ciertos temas porque era lo suficientemente veterana para saber por dónde podían aparecer los problemas con las familias. Sin embargo, en ese caso dejó que fueran los alumnos quienes decidieran qué era lo que les interesaba conocer.

–¿En qué creen los musulmanes? –quiso saber Julia en cuanto se planteó la cuestión.

–Bueno, seguramente Ibrahim podrá explicártelo mucho mejor que yo –le respondió Raquel.

Y así lo hizo, aunque desde su visión de apenas catorce años y la experiencia de lo que había vivido en Sudán, pero pasada por el filtro de su vida actual en un país tan diferente. No fue políticamente correcto y tampoco teológicamente afinado, solo les dijo lo que él sabía del tema y cómo lo vivían en su familia. Le dedicaron apenas diez minutos, porque tampoco era algo que les interesara mucho para el trabajo.

–Rezamos mucho en ese viaje, todos los días –les contó–. Pedíamos que mi madre y mi hermana estuvieran a salvo.

No hizo falta explicar nada más y la clase continuó con otras cuestiones que los diferentes grupos pretendían agregar a sus propios trabajos. Muy pronto olvidaron esa conversación en la que no surgieron discrepancias porque nadie las buscó.

No hicieron lo mismo algunas de las familias a las que los chicos explicaron abiertamente lo que habían aprendido sobre los sudaneses y sus creencias.

–Algunos padres han protestado por tu clase –informó la directora en la sala de profesores.

–¡Os lo dije! –aprovechó para meter baza Carmen–. Ahora sí que tendremos problemas.

Los compañeros que se encontraban allí en su momento de descanso, entre los que se encontraba María, se acercaron a escuchar.

–Dicen que habéis estado hablando de religión... Más concretamente, de la religión musulmana y de sus oraciones.

–¡Venga ya! –protestó Raquel–. Eso no es verdad.

–Pues cuéntame lo que pasó y con detalle, por favor.

Así lo hizo, mientras los demás se sentaban alrededor de la mesa y escuchaban a esa profesora a la que todos conocían por ser muy escrupulosa con el contenido de su asignatura y totalmente neutra en algunas cuestiones.

Cuando terminó de hablar, la mayoría de los profesores pidieron conocer el contenido de esas protestas. Gloria suspiró y se lo explicó:

–Me han llegado dos tipos de quejas –explicó mientras el silencio era absoluto–. Por un lado, algunas familias (no muchas, he de decir) se quejan de que se hable de religión en un centro público, sea la que sea.

–Vamos, hombre –intervino Ramón–. Como si viviéramos en un universo aislado.

–Por otro –continuó la directora haciendo caso omiso a la interrupción–, unos padres en concreto se preguntan si nos estamos posicionando a favor de la religión musulmana y sus ritos.

–No puedo creérmelo –respondió Raquel, a la que se veía realmente angustiada.

–¿Qué familia ha sido? –preguntó Susana.

–Eso, de momento, prefiero no decíroslo –le respondió.

–¿Y qué vamos a hacer? –quiso saber Susana mientras sorbía un café que se había preparado en la máquina que compraron entre todos el curso anterior.

–Bueno –dijo Gloria manteniéndose de pie de frente a todos los demás–. Lo primero, ser muy cuidadosos en los próximos días, sobre todo los que estáis trabajando en el proyecto.

Cuando dijo eso, miró directamente y sin pestañear a María, que no supo qué responder.

Sí lo hizo Carlos, como era de esperar.

–No podemos dejar que unos cuantos intolerantes condicionen nuestro trabajo. Si lo hacemos, les estaríamos dando la razón.

–No he dicho eso –le respondió Gloria con esa mirada fija que siempre conseguía que los demás fueran los primeros en bajar la vista.

Carlos guardó silencio.

–Solo os pido que seáis listos y que no os metáis en líos innecesarios. Yo voy a redactar una nota que enviaremos a todas las familias del grupo B.

–¿Una nota? –quiso saber Raquel.

–Sí, un escrito de la dirección haciéndoles saber que sus hijos son mucho más tolerantes que ellos y que este centro no va a permitir ejercicios de intransigencia como esos.

Todos guardaron un respetuoso silencio hasta que Carmen preguntó:

–¿Se lo vas a soltar así?

Gloria sonrió por primera vez en ese momento.

–No con esas palabras, claro. Me gustaría ser todavía directora cuando acabe este curso.

–Eso me parece mejor –le respondió también sonriendo.

–Sin embargo, una cosa sí les quedará muy clara –añadió la directora–. Sus hijos son el espejo de la tolerancia en el que muchos deberían mirarse por las mañanas.

Todos estuvieron de acuerdo y Gloria salió de la sala, momento que María aprovechó para seguirla. Como la directora caminaba muy deprisa, la alcanzó ya en la escalera central.

–Siento todo este embrollo. No pensé que las cosas se complicarían tanto por un proyecto como este.

–No tienes nada que sentir –le respondió con su rotundidad acostumbrada–. Proyectos como el que estás sacando adelante hacen que me enorgullezca de ser directora de este centro.

–Yo... Bueno, gracias –le respondió titubeante.

–Como te dije, tus alumnos, y solo ellos, son tu principal responsabilidad.

–De acuerdo.

–¿Algo más? –le preguntó al ver que María no decía nada.

–No... Bueno, sí. ¿Puedes decirme qué familia se ha quejado?

–No, eso es cosa mía –la cortó.

La observó mientras subía con premura los escalones hasta desaparecer en el primer piso. Llevaba un vestido con flores de colores, un estampado que repetía en su vestuario fuera la época del año que fuera. Las malas lenguas decían que seguro que esas flores tenían espinas; sin embargo, María sabía que esa dureza externa solo era un muro de contención para una persona rigurosa pero enormemente emocional.

–Orgullosa... –repitió en voz alta para sí misma.

Se dio la vuelta pensando en eso cuando vio que salían los de Bachillerato, ya que los jueves acababan a media mañana. Entre ellos iba Nabiha, la hermana de Ibrahim, que reía con un par de compañeras.

Al cruzarse la mirada, ambas supieron que era el momento de hablar, así que Nabiha se despidió de sus amigas y se acercó a la profesora.

María pensó que era una chica como cualquiera de las otras, que trataba de abrirse camino hacia la universidad y la independencia. Vestía con ropa ancha y llevaba una sudadera de color burdeos que resaltaba su larga cabellera rizada y muy morena. Su piel era algo más clara que la de Ibrahim, pero tenía los mismos ojos oscuros y profundos.

–Hola –se limitó a decirle tímidamente.

–¿Hablamos un momento? –le preguntó María señalando el ahora desierto pasillo.

–Claro.

Caminaron unos pasos y se detuvieron cerca de un banco donde los alumnos solían sentarse a hablar entre clase y clase.

–¿Cómo lo llevas? –le preguntó para abrir la conversación.

–¿El qué? –quiso saber ella.

–El Bachillerato. El primer curso es duro por el cambio de rutinas y esas cosas.

–Lo llevo bien.

–¿Ya sabes qué quieres estudiar en la uni?

Nabiha se removió incómoda en el banco donde se habían sentado. Al fin, la miró directamente y le preguntó:

–Lo que usted quiere saber es si me molesta que hagan un trabajo sobre el viaje de mi familia, ¿verdad?

En ese momento, María pudo ver en esa chica joven el carácter resuelto y contundente de su madre.

–Sí, eso es –se limitó a responderle.

Nabiha apartó la mirada y se tomó unos segundos antes de hablar. Seguramente trataba de escoger las palabras correctas porque a los alumnos, aunque fueran de Bachillerato, no les gustaba demasiado hablar con los profesores.

Mundos diferentes.

–La verdad es que, cuando Ibrahim nos lo contó, le dije que ni hablar, que no quería que nadie contara cosas de mí ni que se metieran en algo que intento olvidar.

–Ya, lo entiendo.

–Lo dudo –le respondió sin dudarlo–. Perdone, sé que es buena profesora y mi hermano está encantado con todo esto, pero es que él es así. Yo, en cambio, no quiero volver a hablar del tema con nadie, y menos que todo el instituto lo haga.

María estuvo a punto de repetirle que la entendía, pero se contuvo a tiempo. A ninguna adolescente le gusta que hablen de ella, o que la consideren diferente, ni nada por el estilo.

–Por si no se ha dado cuenta, mi piel es negra y eso ya me pone en situaciones difíciles a menudo.

–Ya.

Se quedó en silencio unos segundos y María decidió no interrumpirla. A menudo, los adultos interpretaban mal esos vacíos comunicativos y se enfadaban. Ella recordaba esa época de su vida en la que lo que pensaba su cerebro no se traducía fácilmente en palabras.

–Ese viaje fue horrible y no me apetece recordarlo para nada, solo quiero olvidarlo. Aquí tengo amigas y un buen futuro, así que no tengo ningún interés en regresar a mi país, como le pasa a Ibrahim.

Dudaba en si debía hacerle la pregunta a esa adolescente que ahora se mordía las uñas en señal de nerviosismo; pero supo que debía hacerlo, aunque eso pudiera suponer echar para atrás todo el proyecto.

–¿Quieres que lo cancelemos?

Nabiha la volvió a mirar serenamente, se notaba que ya tenía preparada una respuesta a esa cuestión.

–Al principio sí que quería y me enfadé con mi hermano por haber explicado esas cosas sin consultárnoslo. También mi padre dijo que lo mejor sería hablar con usted y buscar otro tema.

Recordando la corta conversación que tuvo con Amid, no le cupo la menor duda de su posición al respecto.

–Pero entonces mi madre nos reunió en la cocina y nos dijo que no teníamos derecho a pedir eso. Dijo que nosotros, mi padre y yo, podíamos olvidar si queríamos, pero que ella no lo haría y que tampoco teníamos el derecho de reclamarle a mi hermano que lo hiciera.

María trató de recrear la escena en su cabeza, en una cocina pequeña de un barrio modesto de Móstoles donde una mujer fuerte y valiente decide que ella custodiará la memoria de su familia... aunque esa memoria queme.

–Tu madre es valiente.

–Lo es y mucho. Fue ella quien me ayudó a soportar todo el maldito viaje y los campos de acogida, como les llamaban ellos, aunque eran más bien campos de rechazo. Ella me ha empujado a ser quien soy y por eso la respetaré toda mi vida.

–Harás bien –le respondió recordando la mirada resuelta de Zaima en la parada del autobús.

–Dijo también que la gente debe conocer lo que sufrimos quienes solo tratamos de buscar una vida en paz, porque muchas personas creen que es fácil dejarlo todo y pasar por ese infierno hasta llegar aquí.

–Es curioso, tu hermano lo llamó «el viaje del infierno» la primera vez que nos habló de ello.

–Lo es, créame.

Se quedaron calladas unos instantes, hasta que María volvió a preguntarle lo mismo.

–Así pues, ¿quieres que lo cancelemos?

–No –se limitó a contestar.

–Bien, gracias por tu comprensión.

–Lo hago por él –le aclaró poniéndose en pie para irse.

–Por Ibrahim.

–Por todos los Ibrahim que llegaron y por los que no llegaron.

Cuando ya se marchaba, María la llamó.

–Hay un grupo que trabajará justamente el viaje que se supone que hicisteis tu madre y tú por Turquía y Grecia.

–¿Y? –le respondió ella, que se mostraba impaciente por terminar con aquello.

–Me preguntaba si podrías echarles una mano o podrían entrevistarte.

Fue la primera vez que la vio sonreír antes de responder.

–Ni hablar.

Cuando se quedó sola, María siguió sentada un buen rato, respirando con calma y pensando en todo lo que se había ido complicando desde que, de forma entusiasta y algo ingenua, se prestó a responsabilizarse de coordinar ese proyecto. Se las prometía muy felices y, en cambio...

Casi podía ver la sonrisa sardónica en el rostro de Carmen, la profesora más quemada del claustro, al confirmarse que seguramente no valía la pena comprometerse en ese trabajo.

Pero, entonces, recordó la felicidad en la reluciente cara de Ibrahim y la firmeza de su madre y pensó que su compañera se equivocaba por completo.

Pocas cosas en el mundo valían tanto la pena como aquello.

Se levantó casi de un salto y volvió con más ganas que nunca a la sala de profesores. Llegaba la hora de su clase con el grupo B y eso sí que la hacía feliz.

Sobran las palabras

—Estoy preocupada por Julia García.

–¿Quién?

–Julia, una de mis alumnas del grupo B.

Carlos se quedó pensando unos segundos, tiempo que ella aprovechó para mirarlo con más detenimiento. Era guapo, sin duda, aunque tal vez un poco demasiado. A ella le gustaban los chicos más normales, sin esos ojos verdes que la miraban de vez en cuando desde el otro lado de la sala de profesores. No quería hacerse ilusiones, porque luego...

–¿Perdona? –tuvo que decir cuando se dio cuenta de que su compañero le estaba hablando.

–Que ya sé quién dices, una chica pequeñita que es muy espabilada. Me parece que llegó con el curso ya empezado.

–¿Sabes la razón?

–No estoy muy seguro. Creo que Gloria nos dijo algo de que habían tenido problemas en la familia, pero nada en concreto.

–Ya...

–¿Qué le ocurre?

Esta vez fue María quien reflexionó unos segundos sin darse cuenta de cómo la miraba el profesor de Geografía.

–Bueno, no estoy muy segura, pero hay algo que no funciona. Es una chica lista a la que le gusta aprender, pero últimamente está como apagada, sin ganas de participar, y eso que la idea del proyecto le encantó.

–Todos pasamos por épocas mejores y peores. Dale tiempo.

–Sí, eso será.

Sin embargo, no se quedó convencida; su intuición le decía que había algo más. Carlos debió de notarlo en su mirada o en su forma de hablar.

–Me parece que no te lo crees.

–En realidad, no. Me parece que algo pasa en su casa. Una vez hizo un comentario extraño sobre su padre, como si hubiera dejado de verlo de repente. Ya sabes que, a esta edad, su seguridad se cimienta sobre sus padres.

Carlos sonrió y ella trató de no enrojecer.

–Cimienta... una palabra interesante. Debes de ser una empollona de cuidado.

–¡No me tomes el pelo!

Rieron un poco y todo a su alrededor pareció cobrar un extraño brillo. Sin embargo, era hora de volver a clase y de dejarse absorber por el torbellino emocional que significaba esa inmersión.

–Pregúntale a Gloria –le dijo Carlos mientras se despedía.

Ella se quedó unos segundos pensando en si debía acudir otra vez a la directora, pero decidió que no era buena idea. Tenía su apoyo en el proyecto y se enfrentaba a las dificultades que aparecían, de manera que no quería que llegara a pensar que no sabía arreglárselas sola.

Al final de la mañana, María salió rápidamente de su clase y esperó en el vestíbulo hasta que vio como los de segundo se marchaban a casa. Muchos del grupo B se pararon a saludarla y a contarle nuevos descubrimientos que habían hecho y que pensaban incorporar a sus trabajos.

Julia no fue una de ellas.

María esperaba poder hablar un poco con la chica y averiguar qué era lo que sucedía, pero sus compañeros la entretuvieron y la perdió de vista. Cuando consiguió librarse, salió a la calle y la buscó, sin éxito.

–¡Mierda! –dijo en voz alta, lo que provocó las risas de Óscar y Keyla, que pasaban por su lado.

–No me hagáis caso, ha sido sin querer –se excusó, lo que provocó más risas en los chicos.

Se acercó a la esquina para ver si la veía, pero no tuvo suerte, por lo que decidió que ya lo intentaría otro día. Era momento de aprovechar que no tenía clases por la tarde para ir a la academia de idiomas a la que se había apuntado para tratar de aprender algo de japonés.

Siempre le había gustado la cultura de ese país, y más desde que se había aficionado a ver series de anime que consumía en gran cantidad los fines de semana. Sus compañeras de piso la llamaban friki, pero a ella no le importaba... Tal vez lo fuera.

Tenía el sueño de poder viajar a ese país en el que todo resultaba fascinante desde su punto de vista: la cultura, el choque entre las tradiciones antiguas y la modernidad más acelerada, entre la libertad individual y el concepto de grupo, entre la estética y la filosofía que se escondía en su conducta como personas y como pueblo. Ahora que había conseguido ese trabajo, aunque solo fuera temporal, era su oportunidad para ahorrar y hacer ese viaje. Por eso se había apuntado a clases de japonés, para intentar llegar a final de curso con ciertas nociones básicas que le hicieran más asequible ese encuentro cultural.

Caminó en dirección a la parada del autobús que la llevaría a la academia mientras se ponía los cascos inalámbricos y escuchaba algunas lecciones de japonés básico que le habían proporcionado en la academia. Hoy tocaba repasar algunos verbos que una persona con claro acento japonés pronunciaba primero en su idioma y después en español:

–*Watashi wa kaimono o suru* significa 'compro' o 'compraré'.

Recordó que le explicaron que el presente y el futuro en japonés compartían la misma conjugación, a veces llamada «no pasado», y que la diferencia entre ellos a menudo se entiende por el contexto.

–*Watashi wa ashita benkyou suru* sería 'mañana estudiaré'.

Repetía en voz baja la pronunciación para tratar de que algo se le quedara. No era nada fácil para un occidental aprender esa lengua, pero ella era tozuda y persistente y no lo iba a dejar hasta que tuviera una mínima noción.

Iba tan concentrada en lo que oía que casi no vio que Julia y su madre atravesaban la calle apenas unos metros más allá. Dudó en si interrumpirlas o seguir caminado, pues siempre iba justa de tiempo a la academia, pero al final se quitó los cascos y las llamó mientras trotaba hasta donde ellas se habían detenido.

No conocía personalmente a la madre de Julia, así de manera que se presentó y se estrecharon la mano. Julia estaba cabizbaja y apenas dijo nada mientras María les contaba cosas intrascendentes para tratar de romper el hielo.

La mujer era algo más baja que ella y tenía la misma mirada de su hija. Llevaba el pelo corto y unas gafas de montura negra que parecían demasiado grandes para una cara tan pequeña. Mientras hablaba, pudo fijarse en que mostraba unas ojeras bastante grandes y que tenía esa expresión de agotamiento que algunas veces veía en madres y padres del colegio. Aquella era una ciudad de trabajadores, de gente que se levantaba muy pronto para poder mantener a su familia, a veces a costa de trabajos pesados y mal pagados. Los trenes que salían de Móstoles muy temprano iban siempre abarrotados de personas que tenían un buen rato de desplazamiento de ida y otro de vuelta, así que la jornada se alargaba durante muchas horas.

–Perdone... –la cortó la mujer, que se llamaba Antonia–. Tenemos que irnos ya.

María se sintió algo tonta por haberlas abordado sin saber muy bien la razón, pero decidió que podía intentar ir algo más lejos.

–Julia está un poco distraída últimamente –le dijo sin dejar de sonreír a su alumna.

Esta la miraba con preocupación, como si hubiera hecho algo malo, lo que hizo que la profesora cambiara el tono.

–Es muy buen alumna, en realidad. Siempre participa y aporta cosas.

La madre seguía sin decir nada, aunque ya no parecía tener tanta prisa.

–Por eso nos extrañó un poco que llegara ya con el curso empezado –dijo María tratando de mostrar un poco sus cartas.

La madre lo entendió, pero, en lugar de contestarle, habló primero con su hija.

–Julia, cariño, acércate a la panadería y compra un bollo para merendar.

En cuanto quedaron a solas, miró a María directamente a los ojos.

–¿Qué está intentando decirme?

–No... bueno, nada –respondió al ver la preocupación en esos ojos cansados–. Como le dije, es un encanto.

–Mire, ella no es tonta, ni yo tampoco, y no va a tardar mucho en volver. Si quiere saber algo en concreto, más vale que me lo pregunte ahora.

María pensó que era el momento de dar marcha atrás. Se estaba metiendo en un jardín complicado que podía ponerla en dificultades, y bastantes tenía ya con el proyecto. Durante un segundo, incluso se le pasó por la cabeza que, si la despedían, no iba a poder ir a Japón y el *watashi wa* no iba a servirle para nada.

Sin embargo, no podía ignorar lo que su intuición llevaba días intentando hacerle notar.

–¿Por qué llegó con el curso empezado?

–Tuvimos que dejar el colegio en el que estaba matriculada en Madrid.

La pregunta siguiente era evidente y María pensó que no era necesario hacerla, pero se encontró con un silencio que la obligó a seguir adelante.

–¿Por qué?

La mujer suspiró, como si llevara varios segundos reteniendo el aire, cosa que seguramente era así. De repente, su mirada dejó de ser directa, e incluso desafiante, y se volvió triste. O al menos así se lo pareció. Al final, después de varios segundos en los que solo el sonido del incesante tráfico de la avenida llenaba el ambiente, le respondió.

No levantó la cabeza en ningún momento.

–Tuvimos que irnos de allí. Mi marido... Mi exmarido, en realidad, llevaba mucho tiempo maltratándome, hasta que ya no pude más.

Nuevo silencio que María ni siquiera intentó romper.

–Era un buen hombre cuando nos casamos, pero la gente cambia... y no siempre para bien. Podría culpar a esas cervezas de más que se tomaba con sus compañeros de trabajo cuando acababan la faena en alguna construcción. Podría ser que él cambiara, o que lo hiciera yo... Probablemente, ambos.

–Yo..., lo siento..., no quería... –se disculpó.

Pero la mujer ni siquiera la miró, solo continuó hablando.

De abusos. De arrepentimientos. De mentiras y de frustraciones.

–Julia quería... quiere a su padre con locura. Supongo que por eso aguanté más de lo que debía. Nadie desea que su familia salte por los aires, ¿sabe?

–Ya –respondió por decir algo.

–El resto es fácil de adivinar: una denuncia, un juicio, unas medidas de alejamiento y ya está. Julia perdió a su padre sin entender muy bien el motivo. Al principio, creo que fue casi balsámico para ella porque se acabaron los gritos y las discusiones, pero ahora lo echa mucho de menos.

–De verdad que lo siento, yo no quería entrometerme.

–Sí que quería, por eso estamos aquí hablando mientras mi hija, que ya no sabe ni dónde está su padre, vuelve con su bollo en la mano.

–De verdad que no...

No pudo decir nada más porque Julia las miraba a ambas sin decir nada.

Las cosas se entienden mejor cuando sobran las palabras.

Hablaron algo más sobre lo buenas que eran las panaderías del barrio y María les confesó que le encantaban las madalenas rellenas de chocolate.

–Eso son *muffins*, ¿no? –la corrigió Julia.

–Sí, claro, es que mi abuela siempre las llama «madalenas» y se me ha pegado –trató de bromear.

Sin embargo, Antonia ni siquiera hizo el intento de cambiar de expresión, así que se despidieron para poder volver cada una a su vida.

La una soñando con Japón.

La otra soñando con un padre desaparecido.

Ese día no se vio con fuerzas para meterse en clase, así que decidió irse a casa a ver alguna serie o a hacer algo que la distrajera de aquellas cosas con las que una no quiere encontrarse cara a cara.

Por suerte, en el piso estaba Lucía, que había salido temprano de su trabajo a tiempo parcial y temporal en un pequeño bufete de abogados jóvenes que trataban de abrirse camino en el derecho inmobiliario.

Le contó lo sucedido y Lucía le explicó que tenía algún compañero de carrera que trabajaba con esos temas de familia y que estaban muy quemados por toda la carga emocional que siempre aparecía en estos casos.

–Las personas somos como somos –sentenció.

–¿Y eso qué quiere decir? –quiso saber María, que se había dado una larga ducha para tratar de que el agua se llevara algunas de las preocupaciones que acumulaba.

–Pues eso, que decimos que haremos una cosa y luego las cosas cambian.

–La vida es un cambio constante.

–Tal vez sí, pero algunas no deberían cambiar tanto –respondió Lucía mientras tomaba un vaso amarillo, ya que cada una tenía un color asignado para sus platos y vasos.

–Imagino que no.

–Sea como sea, deberás aprender a aguantar la frustración que, en tu trabajo, es algo que afecta, y mucho, porque tratas con niños.

–Y con padres y sus circunstancias.

–Pues eso: aprenderás.

No tenían muchas ganas de seguir hablando del tema y decidieron pedir una *pizza* para cenar, algo que no hacían casi nunca porque trataban de ahorrar todo el dinero que podían.

–Un día es un día –se dijeron sonriendo.

Después, se tumbaron en el viejo sofá del comedor y empezaron a ver una serie que alguien les había recomendado. Se trataba de un *thriller* basado en la historia de un asesinato en un pueblo de Alaska y del que todos los habitantes de aquel pequeño lugar eran sospechosos.

A pesar de que se encontraba mejor, a María no se le iba de la cabeza que esa tarde había contemplado casi en directo un *thriller* mucho más cercano y cotidiano.

De esos sobre los que nadie escribe ni una sola línea.

De esos en que los protagonistas no quieren serlo.

Sin embargo, mientras en la pantalla un par de detectives infalibles, guapos y jóvenes parecían ser incapaces de adivinar lo que había pasado, a ella no le costaba nada hacerse una idea de lo que le había explicado Antonia, la mujer bajita con grandes ojeras y un gran peso encima.

Pensó en Julia y supo que lo mejor que podía hacer por ella era intentar que recuperara ese entusiasmo vital que una debe tener a los trece años, cuando una adolescente no debería descubrir el lado malo de las cosas sin apenas conocer todo lo bueno que le espera.

Como profesora, debía tratar de ayudarla en la medida de lo posible y aguantarse con la frustración que eso le generara, porque lo único que contaba era Julia y su futuro. Sentirse mal no iba a ayudarla en nada.

Al meterse en la cama, se comprometió a acabar como fuera ese proyecto y hacer que todos sus alumnos, Julia incluida, descubrieran de lo mucho que eran capaces.

Tal vez esa chica, más que nadie, necesitaba descubrir toda la fuerza interior que poseía.

No podía hacer gran cosa por la madre, pero trabajaría para que se sintiera orgullosa de su hija. Se había sacrificado mucho por ella, así que era el momento de que viera que había valido la pena.

Un mar de estrellas

Por fin, después de dos semanas de trabajo y debates, llegó el día de la presentación. Todos estaban muy nerviosos, especialmente los portavoces. En una de las sesiones del proyecto habían decidido por mayoría que solo intervendría una persona de cada grupo.

Aquella decisión había provocado que María tuviera que enfrentarse de nuevo con algunos de los compañeros a quienes no les parecía muy bien esa opción. Resultaba muy positivo que estuvieran pendientes del proyecto, pero eso les daba pie a opinar sobre casi todo.

–Si han trabajado las etapas por equipos, lo mejor sería que todo el grupo presentara los resultados. Uno de los objetivos es que pierdan la vergüenza de hablar en público, ¿no? –expuso Susana.

María le daba la razón porque ella no estaba de acuerdo con la decisión de los alumnos y le habría gustado que todos intervinieran. Sin embargo, si había defendido darles autonomía para trabajar, tenía que aceptar las decisiones que tomaran sobre cómo organizarse.

–Esto ha sido cosa de algún espabilado como Nelson o Carla, que no quieren hablar delante de los demás y han convencido a todo el mundo –replicaba Ramón.

–Tal vez ha sido así, pero eso no quita que debamos respetar lo que deciden por mayoría –intervino Carlos tratando de apoyar a María.

Aquella chica le gustaba, y no solo como profesora entusiasta y enamorada del trabajo que hacía. A lo mejor le proponía salir a dar una vuelta o a tomar un café, a pesar de que sabía que mezclar las relaciones personales con el trabajo no solía ser una buena idea. De todas maneras, su apoyo en este tema era sincero y así lo explicó.

–Una de las competencias básicas a las que deberán enfrentarse en un futuro, cuando tengan que moverse en el mundo laboral, es la capacidad de trabajar en equipo y de organizarse como tal. Esa habilidad es muy importante, casi tanto como la de hablar en público. Al final, han sido ellos quienes han acordado una manera de funcionar, así que creo que no les podemos pedir que sean autónomos y después no aceptar lo que ellos deciden.

Tras un buen rato de debate, aceptaron que los grupos organizaran la presentación como quisieran. En cualquier caso, debía quedar claro que todos los componentes del grupo habían trabajado en él y que las calificaciones serían individuales.

A la salida de la reunión, María se acercó a Carlos para agradecerle el apoyo que le había dado.

–No ha sido nada, creo que tienes razón –le dijo él sonriéndole con una timidez que no había mostrado hasta entonces.

No hablaron más y los dos se fueron hacia sus clases con una extraña sensación en el estómago.

Extraña y agradable al mismo tiempo.

Así pues, llegado el momento de la exposición, todo el mundo estaba muy excitado, tuviera que hablar ante los demás o no. María, que también estaba nerviosa, los llevó a una de las clases que tenían una gran pizarra electrónica y les pidió mucho silencio y respeto hacia los que hablaran.

–Somos muchos, así que, si no mantenéis el orden y la calma, será imposible acabar a tiempo. Todos habéis trabajado mucho y estoy muy contenta. Tenéis que estar orgullosos de cómo habéis completado este gran proyecto. Seguro que ya teníais muchas ganas de presentar vuestra parte a los compañeros...

–¡Yo no! –intervino Nelson–. A mí me da vergüenza.

–A mí también –le respondió Sara.

Antes de que aquello continuara, María trató de calmarlos.

–De acuerdo, de acuerdo, no hay problema. Justo por eso decidisteis que fueran solo los portavoces quienes hablaran. De todas maneras, aprovecho para deciros que una de las cosas importantes que intentamos trabajar en estos proyectos es, precisamente, saber exponer el resultado de vuestro trabajo. Habrá quien lo haga mejor y a quien le cueste algo más –dijo mirando a Nelson–. En todo caso, tendréis que aprender a hacerlo; así que la próxima vez será diferente.

–Pero hoy no tenemos que hablar, ¿verdad? –insistió Nelson.

–No. Se lo he consultado al resto de profesores y hemos aceptado lo que habéis decidido como grupo, así que adelante –dijo para evitar nuevas preguntas.

Enseguida salieron todos los portavoces con Julia al frente, puesto que era la que empezaba, seguida de Danna, Kevin, Cristina, Alberto y Álvaro. Los acompañaba Ibrahim, que se mantendría allí de pie para puntualizar o aclarar algunas de las informaciones. Además, añadiría sus impresiones personales por si valía la pena ampliar algo o lo que había sentido en determinados momentos cruciales de su viaje.

Julia pareció titubear un poco antes de empezar, pero María le guiñó un ojo para animarla. Desde que se encontraron en la calle, había tratado de estar cerca de ella, sin agobiarla, para que sintiera que era importante para la clase y que su trabajo era bueno. La había confortado y también corregido cuando fue necesario. Y ella respondió, porque lo único que quería era sentirse querida.

Con una seguridad recuperada, empezó explicando el recorrido que había hecho Ibrahim desde su casa en Kutum hasta la costa de Libia atravesando el desierto.

En la pantalla se veía un mapa de aquella zona de África donde los del grupo uno habían marcado el camino que creían que habían seguido Ibrahim y su padre. Les habló del clima del desierto, de las rutas de la inmigración y de un montón de cosas.

Ibrahim aprovechó para explicarles que, muchas noches, en pleno desierto, podían oír que algunos animales salvajes intentaban acercarse al campamento improvisado donde se agrupaban para descansar.

–Una vez vi una hiena del desierto... Era una cosa fea y mucho más grande de lo que imaginaba. Tenía unos dientes enormes y daba miedo de verdad.

Una vez acabada la primera exposición, que duró unos diez minutos, se desató un aplauso ruidoso que María intentó silenciar como pudo.

–¡Chissst! ¡Parad! ¡Parad! Aquí al lado están dando clase, así que nada de aplausos... aunque lo merezca, sin duda.

Cuando recuperaron el orden, fue el turno de Danna, que hizo aparecer en la pizarra un mapa del norte de Libia donde estaban marcadas las principales prisiones en las que retenían a las personas que intentaban cruzar hacia Europa.

–En mi grupo hemos estado mirando un informe de UNICEF que explica que hay, por lo menos, treinta y cuatro centros de detención en Libia. Uno de ellos es el de Misratah, donde estuvo Ibrahim.

–UNICEF es como una agencia o un grupo de la ONU que trabaja por los derechos de los niños –puntualizó María–. Es una buena fuente de información y muy fiable.

Danna sonrió por el alago, pero enseguida se puso muy seria.

–Ahora os explicaré cuánta gente hay encerrada en estos centros, que son miles, y cuánto tiempo los tienen allí metidos... Algunos llevan ya más de dos años.

–Yo conocí a un niño que llevaba casi tres –interrumpió Ibrahim–. Mi padre y yo tuvimos suerte y solo estuvimos cuatro meses y medio.

–Sí –confirmó Danna–. Además, hemos encontrado algunas fotos del sitio, que son horribles, y también hemos leído más cosas terribles que explican las personas de UNICEF que han podido llegar hasta allí.

–De acuerdo, Danna –le dijo María, que sentía un poco de angustia al pensar en todo lo que habían tenido que ver sus alumnos.

Incluso a ella le costaba asumir que en el mundo pudiera haber tanta miseria y tan cerca. Todavía mantenía algunas dudas sobre si ese trabajo sería bien aceptado por los padres de los alumnos que habían participado, y más después de la polémica por el tema religioso, pero sabía que tenía el apoyo de la mayoría del equipo del centro y eso la tranquilizaba.

Danna, con la ayuda de algunos comentarios de Ibrahim, hizo un relato preciso y muy serio sobre las condiciones de vida en aquellos centros de detención donde los niños convivían con adultos, pasaban hambre y a menudo sufrían malos tratos.

–Lo que no conseguimos entender es que todo el mundo sepa que existen estos lugares espantosos y que nadie haga nada –concluyó Danna con indignación.

–Bueno –intervino Julia–. Esto no es verdad, nosotros no sabíamos nada de ellos hasta que hemos hecho el proyecto.

–Tienes razón –explicó María–. Pero vosotros sois niños..., perdón, jóvenes, y no os toca conocer todavía todas las cosas malas que pasan más cerca de lo que creemos. La verdad es que este proyecto os ha permitido descubrir ese tipo de situaciones. Espero que no os afecte demasiado, pero esconder las verdades nunca ayuda a solucionarlas. En cualquier caso, los adultos que tiene la capacidad de decidir y de intervenir seguro que saben que todo esto existe. En realidad, también nosotros, los adultos de aquí, lo sabemos, pero no queremos pensar en ello.

–Porque da mucha pena –dijo Keyla.

–Sí –le respondió Danna–. Da pena y mucha rabia, pero yo prefiero saber las cosas que pasan para poder cambiarlas cuando seamos mayores.

Eso provocó otro intento de aplauso que fue sofocado rápidamente por María.

–¿Qué pasó para que os dejaran salir? –le preguntó Álvaro directamente.

Ibrahim se encogió de hombros.

–Pues la verdad es que nunca lo supimos. Un día vino uno de los guardias y nos señaló a unos cuantos para que lo acompañáramos. Cuando sucedía eso siempre te asustabas, porque no sabías si era para algo bueno o malo. En este caso, nos acompañó a la salida y solo nos dijo que volviéramos a nuestro país porque, si nos pillaban de nuevo por allí, no saldríamos nunca más.

–Pero no volvisteis –insistió su compañero.

–No, nuestro objetivo estaba en el norte y no en el sur, así que seguimos caminado hasta donde nos habían dicho que partían lanchas hacia Europa. Recuerdo el día que llegamos a una enorme playa llena de botes viejos, algunos de ellos rotos e inservibles en la arena. Había muchas personas esperando su oportunidad para poder subir a uno de los que todavía flotaban. La gente estaba muy nerviosa y a menudo estallaban peleas, así que nos apartamos un poco hasta que mi padre consiguió darle el dinero que nos quedaba a uno que nos citó una mañana justo cuando salía el sol. Cuando llegamos, nos dijo que subiéramos a una de esas barcas hinchables que ya estaba abarrotadísima de personas, de manera que casi no quedaba espacio.

–¡Uff! ¡Qué miedo! –dijo Julia.

–Sí, pero el cielo estaba precioso, todo rojo, y mi padre me dijo que aquello era una buena señal.

Cuando llegó el turno del siguiente portavoz, Kevin les mostró unas imágenes que correspondían a un rescate real de inmigrantes en el Mediterráneo.

–Los que hicieron este rescate son del barco Open Arms, de los que a lo mejor habéis oído hablar alguna vez en las noticias.

La mayoría afirmaron con la cabeza, aunque hubo también quien se encogió de hombros. El portavoz del grupo tres siguió hablando mientras en la pantalla se veía como un bote grande de goma, que iba cargado hasta arriba de personas, se acercaba al barco que intentaba ayudarlos. El bote estaba medio deshinchado y algunos de los más jóvenes, tal vez por el miedo y la desesperación, se tiraban al agua para intentar llegar nadando hasta el barco. Desde la cubierta no paraban de gritarles para pedirles que estuvieran tranquilos y les tiraban flotadores de esos de tipo chaleco de color naranja. La escena era un caos absoluto de gente que intentaba salvar sus vidas, aterrorizados en medio del mar oscuro. Incluso había niños muy pequeños que las madres agarraban mientras trataban de no hundirse con ellos en los brazos.

Cuando terminó el vídeo, que duraba tres o cuatro minutos, el silencio era absoluto. Kevin aprovechó para explicarles los datos que habían encontrado.

–Pensad que, desde la costa de Libia –les dijo señalando un mapa del mar Mediterráneo que había aparecido en la pantalla–, hay unos doscientos kilómetros hasta la isla de Lampedusa, que pertenece a Italia y que es la que cae más cerca en línea recta. Aquello ya es Europa, de forma que...

–No se dice kilómetros –lo cortó Sheila.

–¿Cómo? –preguntó María un poco confundida por la interrupción.

–Mi padre y unos amigos alquilan un barco para ir a pescar cuando vamos de vacaciones a Alicante y a veces los acompaño si me dejan. Me han explicado que en el mar las distancias se miden en millas y no en kilómetros –les dijo cruzando los brazos.

–¡Eso qué importa! –se defendió Kevin.

–Sí que importa, porque... –intentó explicar Sheila.

–¡Basta! –intervino María levantando un poco la voz–. Ahora no tenemos tiempo para esos debates. Si queréis, en la próxima clase que tengáis con Carlos le preguntáis por esa diferencia en la manera de medir las distancias en tierra y en el mar, pero ahora tenemos que seguir.

Le hizo un gesto con la mano a Kevin para hacerle saber que podía continuar. De paso, la imagen de Carlos se le pasó por la cabeza como un relámpago; sin embargo, no era el momento de distraerse con esas cosas.

Kevin señaló a Ibrahim y dijo:

–No hemos querido explicar muchas cosas más de esa travesía porque creemos que lo que vivió Ibrahim allí perdido en medio del mar solo os lo puede contar él.

De nuevo, se hizo un silencio casi total. Tanto que se podían escuchar las voces de los otros profesores que explicaban sus materias en las clases cercanas. Ibrahim dio un paso adelante y les hizo un resumen de cómo vivió aquel viaje por mar.

–Como era de esperar, nuestra barca era un desastre y enseguida empezó a deshincharse. Por eso entraba agua, así que teníamos que sacarla como podíamos, con bolsas, recipientes o con las manos. No paraba de perder aire, estábamos seguros de que nos ahogaríamos allí en medio. Cuando ya no ves la tierra, el mar parece muy grande y da miedo, sobre todo por la noche. Para pasar las horas, algunos cantaban canciones de nuestro país y hubo una señora que nos narraba cuentos tradicionales que no están escritos. Muchos rezaban, sobre todo los que no sabían nadar.

Hizo una pausa y cogió aire antes de seguir.

–Nos quedamos sin motor a las pocas horas. Mi padre dice que lo hacen a propósito y que ponen poca gasolina porque solo quieren que nos vengan a rescatar si tenemos suerte. Si no...

Nueva pausa y, entonces, sonrió de esa manera que solo un chico como él podía hacer: con una sonrisa de alguien que ama la vida y el mundo que le rodea por encima de todo, aun en las peores circunstancias.

–Pero no sabéis cómo se ven las estrellas en medio del mar una noche tranquila... –les dijo mientras los miraba lentamente casi uno por uno, incluida María–. Era increíble ver todo aquel cielo lleno de luces como nunca lo habría imaginado. No había mucha luna cuando hicimos nuestra travesía y ninguna nube, así que se podían ver muy bien. En nuestra barca, uno de los hombres conocía sus nombres y nos las iba señalando. Vimos estrellas que nunca más he vuelto a ver.

De repente, Kevin apagó las luces de la clase y proyectó en la pantalla de la pizarra una inmensa foto del universo que la llenaba por entero. La fotografía era en realidad una imagen astronómica de galaxias que no se pueden ver a simple vista, pero contribuyó a hacer de aquel momento algo mágico.

Todo el grupo, incluida María, sintió durante unos instantes que estaba en medio del mar.

A oscuras.

Contemplando la increíble y estremecedora belleza del universo.

Ibrahim se dio cuenta del momento que había creado su relato y dejó de hablar.

Todo fue silencio. Y la sensación de vivir un momento especial impactó en todos los que se encontraban en aquella aula del instituto Emperador Carlos de Móstoles.

Después de unos segundos, Kevin volvió a encender las luces y entonces una parte de la magia desapareció.

Pero no toda. Porque ninguno de los que seguían allí quietos, mirando aquel enorme mar de estrellas, olvidarían nunca algunas de las sensaciones que acababan de vivir.

La ratonera

Una vez relatado el peligroso viaje por mar con un rescate que, por fortuna, fue mucho menos accidentado que el que habían visto en el vídeo, aunque igual de angustiante, era el momento de pasar al grupo siguiente, cuya portavoz era Cristina. Ellos se habían encargado de buscar información sobre Lampedusa y los centros de acogida que había allí.

–Cuando empezamos a buscar datos sobre esa pequeña isla del Mediterráneo, nos sorprendió ver que estaba más cerca de África que de Europa, aunque forma parte de Italia –empezó a explicar Cristina con su habitual fluidez.

En ese grupo se habían repartido un poco el protagonismo y a la portavoz la acompañaba Guillermo en calidad de ayudante de pantalla. Él era el encargado de ir pasando las imágenes que se iban proyectando cuando Cristina se lo indicaba con un gracioso gesto de la cabeza. Se comportaban de un modo muy formal y a María eso le hizo pensar que se lo tomaban realmente en serio.

–Esta distancia –dijo recorriendo con el dedo el espacio entre Libia y la pequeña isla italiana– son unos trescientos kilómetros.

Entonces, Guillermo la interrumpió y se dirigió a Sheila.

–Ya sabemos que en el mar se mide en millas, pero así se entiende mejor.

La aludida se limitó a hacer un gesto con la mano como concediendo permiso.

–Para que os hagáis una idea –continuó Cristina–: entre esa isla e Italia hay todavía unos doscientos kilómetros, ya que la costa de Libia no es el punto de África que queda más cerca. De todas maneras, para los que salen desde las costas de Libia, como fue el caso de Ibrahim y su padre, Lampedusa es el territorio europeo que más cerca les queda.

–Eso es información de nuestra etapa –protestó Kevin.

–Lo explicamos para que se entienda por qué la gente va allí –le respondió resuelta Cristina.

A María le encantaba ver que aquello era un foro en el que ellos mismos gestionaban las cuestiones que podían surgir, así que no necesitaban la intervención de la figura de autoridad que representaba una profesora.

–La isla es muy pequeña, solo tiene unos veinte kilómetros cuadrados.

–¿Y eso cuánto es? –preguntó Violeta.

–Yo qué sé –intervino Guillermo, que parecía molestarse muy rápido.

Sin embargo, Cristina era de las que se preparaban las cosas a conciencia y tenía una respuesta.

–Pues España mide unos quinientos mil metros cuadrados, o sea que la isla es veinticinco mil veces más pequeña que nuestro país.

Al ver que aquello no aclaraba mucho las cosas, añadió:

–Madrid mide unos seiscientos kilómetros cuadrados, es treinta veces mayor que Lampedusa. También podemos compararla con...

–Bueno, bueno –la cortó María para que aquello no se convirtiera en una especie de clase de Matemáticas–. Creo que ya nos hacemos una idea.

–O sea –intervino Guillermo–: una mierda de isla.

Eso generó algunas risas.

–No digas eso, y menos en clase –lo regaño María.

–Vale, perdón.

Cristina suspiró porque desde el principio estuvo en desacuerdo en el papel complementario que se había otorgado su compañero en la presentación, pero, como él había conseguido que el resto del grupo lo apoyara, se tuvo que aguantar.

–Imaginaos que solo viven unos seis mil y pico habitantes...

–Creo que podemos dejar los datos y hablar del centro de acogida –intervino de nuevo María porque se estaba haciendo tarde y todavía quedaban dos grupos por salir.

–A eso iba –protestó Cristina.

–De acuerdo, adelante.

–Digo lo de los seis mil habitantes para que os hagáis una idea de lo que ha pasado allí desde hace más de diez años. En cada uno de estos años, han llegado a la isla desde diferentes sitios de África miles y miles de inmigrantes. En realidad, no se saben muy bien las cifras, pero algunos dicen que podrían ser más de cien mil. Hemos leído que ha habido algunos días en que, en solo una mañana, han llegado a sus playas más de mil personas.

–¡Una pasada! –intervino de nuevo Guillermo, a quien le costaba estar callado mucho rato.

–Y lo peor es que también se calcula, aunque nadie lo sabe con precisión, que han muerto ahogados en el mar más de veinticinco mil personas en estos últimos años.

Esa cifra escalofriante resultaba difícil de representar, por lo que habían hablado con el profesor de Matemáticas para encontrar con qué compararlo.

–Es como si una de cada ocho personas que viven aquí en Móstoles se hubiera ahogado en ese mar. Pensad en ocho personas que conozcáis... –dijo Cristina con total seriedad.

El silencio fue lo suficientemente largo para que todo el mundo tuviera tiempo de hacer sus cálculos. La tristeza y la angustia se iban apoderando de esos chicos de segundo de la ESO que, hasta hacía solo unos días, no conocían nada de la tragedia que se escondía a pocos kilómetros de ellos.

María no sabía si debía intervenir para aliviar un poco la tensión, pero no tuvo que hacerlo porque fue el propio Ibrahim quien lo hizo con una sonrisa.

–Por suerte, yo no me fui al fondo del mar con los peces espada y esas cosas.

–No hay peces espada en ese mar –le respondió Guillermo.

–Porque tú lo digas.

Iba a cortar la nueva discusión que había roto ese momento delicado cuando pasó algo que los dejó a todos muy sorprendidos. Catherine se levantó y se acercó a Ibrahim para darle un gran abrazo. Este lo recibió muy sorprendido, pero se quedó inmóvil los tres o cuatro segundos que duró, igual que el resto de la clase.

Cuando se separaron, ella tenía los ojos rojos y apenas acertó a decir:

–Por suerte, tú llegaste hasta nosotros.

Y, entonces, nada pudo reprimir el enorme aplauso que retronó en los pasillos, en las aulas, en el gimnasio, en el patio... en toda la ciudad y tal vez en el mundo entero.

María no quiso interrumpirlo y aceptó que iría a disculparse con sus compañeros más tarde; aquello bien valía una y mil disculpas. Lo que le costó realmente fue no contagiarse de la emoción y tratar de contener las lágrimas que acudían a la llamada de la emoción intensa que se respiraba en el aula.

Al fin, consiguió que solo un par de ellas cayeran al suelo, pero todos las vieron y se dieron cuenta de la suerte que habían tenido con la profe nueva.

Cuando consiguieron calmarse, Cristina siguió con su presentación con el tono de quien da una clase magistral.

–Vale, ahora hablaremos de eso que llaman «centro de acogida» en la isla. Se puso en marcha en 1998 y está pensado para acoger a unas trescientas personas como mucho. ¿Sabéis cuántas viven allí ahora mismo?

–¡Doscientas! –dijo Luis, porque pensó que era realmente una pregunta.

Eso desató la lengua de los que llevaban ya bastante rato en silencio, de manera que se organizó una especie de adivinanza colectiva.

–¡Mil!

–¡Cuatrocientas!

–¡Cien mil!

–¡Ochenta!

Hasta que María decidió pedir a Cristina que les aclarara la duda.

–Ahora hay unas mil trescientas y la mayoría viven tiradas por ahí.

Hizo un gesto con la cabeza y Guillermo dio paso a fotografías muy duras de personas durmiendo al aire libre sobre colchones sucios y viejos y montones de basura por todas partes.

–Como veis, hay mujeres con niños pequeños y también personas enfermas. Y eso que las fotos son del verano.

Ibrahim volvió a intervenir.

–Cuando estuvimos nosotros no había tanta gente, aunque sí muchos más de los que cabíamos. Había tiendas por todas partes, con muchas personas dentro, y algunos barracones. Mi padre y yo siempre decíamos que aquello era como una ratonera gigante. Las primeras semanas tuvimos que dormir debajo de unos plásticos porque no teníamos otro sitio. Por suerte, era verano y allí no llueve mucho. Cuando llegó el invierno, ya estábamos colocados en unas tiendas, pero hacía mucho frío por las noches. No había muchas duchas y la comida era horrible.

–¿Cuánto tiempo estuvisteis allí? –le preguntó Nelson.

–Unos seis meses.

Para que se hicieran una mejor una idea de lo que significaba ese lapso de tiempo, María les ofreció otra referencia.

–Es como si estuvierais allí desde que volvéis de las vacaciones de verano hasta Semana Santa.

–¡Ostras! –dijo Nelson en voz alta dándose cuenta de lo duro que debía de ser pasar un invierno en una tienda de campaña mal montada.

–Los informes que leímos dicen que, al principio, la idea era que la gente se quedara allí como máximo una semana –le dijo Cristina.

–¡¿Una semana?! –se escandalizó Ibrahim–. Nosotros estuvimos seis meses y no fuimos los que más. Menos mal que estaban los voluntarios, que no dejaron de ayudarnos.

María le hizo un gesto con la mano para cortar aquel tema, porque eso formaba parte de lo que debía explicar el grupo cinco. Avisó a Alberto para que se preparara y le dio las gracias a Cristina, quien, antes de sentarse, se acercó a Ibrahim y le puso una mano encima del hombro.

No fue un gesto muy ostentoso, pero contenía todas las palabras de solidaridad que pueden llegar a expresarse a los trece años.

María miró su reloj y vio que apenas quedaban ocho minutos de clase, por lo que se dirigió a Alberto, el portavoz del grupo cinco que ya estaba al lado de la pizarra dispuesto a hacer su presentación.

–Tenemos muy poco tiempo. ¿Crees que lo puedes hacer rápido o preferís esperar a la próxima tutoría?

Alberto, como buen portavoz, consultó con su grupo unos segundos y después respondió con esa seguridad que siempre desprendía.

–Lo podemos hacer rápido. Pasaremos algunas fotos de los voluntarios que ayudan en estos sitios y nos saltaremos casi todo el tema de la documentación que tienen que hacerles y esas cosas, que son un rollo.

–Sí, mejor –añadió Ibrahim–. Mi padre se desesperaba por lo que nos hicieron esperar para darnos papeles que nos permitieran movernos de allí y a él trabajar. Yo no acabé de entender nunca cómo algo así de fácil costaba tanto tiempo de hacer. ¿Es que no saben escribir esos que hacen los papeles?

Hubo algunas risas y comentarios irónicos sobre la cuestión de la burocracia, que para todos ellos era un universo desconocido, pero del que habían oído hablar muchas veces en sus casas o en las noticias.

A María le pareció bien ese planteamiento, así que le dijo que empezara cuanto antes, cosa que hizo pasando fotografías de tareas de voluntarios por todo el mundo, no solo los que acudían a ese centro de Lampedusa.

–Mi madre dice que ser voluntario es lo mejor que puedes hacer por los demás, sobre todo cuando eres joven –intervino Violeta–. Ella lo hizo unos cuantos años en Guatemala y sitios así y tiene un montón de fotos y recuerdos que algunas veces nos enseña.

–Pues mi primo estuvo un verano en esos campos –dijo Danna.

–¿En Lampedusa? –preguntó Ibrahim.

–No, creo que fue a Grecia, en unos campos de acogida enormes, con mucha gente, y repitió varios años porque estaba muy contento de hacerlo.

–Pues a lo mejor estuvo en alguno por los que pasaron mi madre y mi hermana.

–Eso habría sido genial –le respondió ella.

–Como veis en las fotos, trabajan mucho: con la comida, con la limpieza o montando cosas que hacen falta –retomó Alberto.

–La mayoría eran chicos muy cariñosos –lo interrumpió Ibrahim, que tenía muy buenos recuerdos de ellos–. Además, eran divertidos y jugaban con nosotros a fútbol o a otras cosas. Siempre estaban de buen humor y eso nos hacía la vida mucho más feliz en un sitio donde la mayoría del tiempo no lo era.

–¿Puedo preguntar una cosa? –dijo Nelson levantando educadamente la mano.

–Claro, adelante –le respondió María sonriéndole por haber guardado las formas.

–¿Por qué queríais venir a España? ¿Y por qué a Madrid?

Ibrahim se rascó la cabeza antes de responder, como si estuviera recopilando la información que necesitaba para explicar bien esos motivos.

–A ver, yo no tenía ni idea de dónde estaba España hasta que mi padre nos dijo que vendríamos aquí.

–¿Entonces...? –preguntó el siempre impaciente Óscar.

–Espera –lo corrigió María–. Antes de hacer nuevas preguntas, hay que dejar que las personas respondan a su ritmo.

–No pasa nada –lo disculpó Ibrahim, que se llevaba bastante bien con él–. Lo que pasa es que no tengo muy clara la respuesta, la verdad. A mi padre le cuesta un poco explicar lo que piensa.

María recordó la breve conversación que había mantenido con ese hombre más bien taciturno y que contrastaba con la manera de ser extrovertida y abierta de su hijo.

–Pues a mi padre tampoco hay quien lo entienda –intervino Luis, lo que provocó alguna carcajada en el grupo.

María los calmó porque apenas quedaban cinco minutos. Sin embargo, lo más importante de la exposición del grupo cinco ya estaba dicho y no quería cortar aquel diálogo espontáneo.

–Cuando caminábamos por el desierto, algunas veces yo hablaba con él, aunque también hacíamos muchos kilómetros en total silencio por el calor y el cansancio. Una de las cosas buenas que tuvo ese viaje fue, precisamente, que pude descubrir cómo es en realidad. Siempre está preocupado por su familia y todo lo que pasó creo que lo hacía sentir mal, como si lo que sucedía fuera por su culpa o algo así.

–Algunas veces a mi madre le pasa lo mismo –intervino Catherine.

–Y a la mía –confirmó Sofía.

–Pues mi padre es así y por eso me costó entender que quisiera llegar hasta aquí sin aclararnos la razón. Sin embargo, uno de los días, mientras descansábamos un rato en una especie de cobertizo cerca de un pozo de agua, me lo explicó.

De nuevo se creó en el aula esa expectativa que tantas veces se había generado desde que empezaron con aquel proyecto. María veía las miradas brillantes de sus alumnos devorar todo lo que iba surgiendo en aquella experiencia y eso ya compensaba el esfuerzo que ella y los demás profesores estaban haciendo.

–Mi padre tenía un primo con el que crecieron en Kutum. Vivía en la casa de al lado y siempre estaban juntos, aunque mi padre era cuatro años mayor que él. Yo apenas lo recuerdo, porque se fue a Europa cuando yo tenía solo cuatro años.

–¿A España? –interrumpió de nuevo Óscar.

–Sí, vino hacia aquí, pero nunca llegó.

–¡Ohhh!

Muchos expresaron desolación porque enseguida entendieron cuál fue el destino trágico de ese chico. Era algo que habían aprendido con la búsqueda de información y las presentaciones.

–El día que me lo explicó en ese cobertizo cubierto de polvo fue la primera vez en mi vida que vi llorar a mi padre.

–El mío nunca llora –intervino Keyla.

–Que tú no lo veas no quiere decir que no lo haga –le replicó Kevin–. Cuando murió mi abuela, mi padre se iba a su habitación y yo sabía que lo hacía para llorar sin que lo nosotros viéramos.

–El mío seguro que sí que llora –dijo Julia de una manera que solo María entendió.

Ibrahim retomó el relato.

–Ese día me explicó que quería que llegáramos hasta aquí porque ese era el sueño de su primo.

–¿Qué le pasó?

–Nunca lo supimos, en estos viajes la gente desaparece y sus familias nunca saben qué les ha sucedido.

–¿Cómo se llamaba? –le preguntó María, también con dificultades para mantener a raya sus emociones.

–Khalid. Y solo tenía veinte años.

Mientras de fondo sonaba un timbre que anunciaba el final de las clases, Danna se levantó y dijo algo a sus compañeros que recordarían durante mucho tiempo.

–Deberíamos pensar más a menudo en personas como Khalib. Así nunca desaparecerán del todo.

El Polo Norte

—Le dije que no quería participar en el trabajo de mi hermano.

–Lo sé...

–Pues algunos de los de su clase han venido a verme para hacerme preguntas sobre lo que nos pasó a mi madre y a mí.

–A ver, Nabiha, un poco de calma. Explícamelo despacio porque es la primera noticia que tengo.

Estaban en la puerta de la sala de profesores, donde María había estado explicando cómo habían ido las presentaciones del día anterior. La mayoría de sus compañeros se mostraron muy contentos con el resultado, cada uno a su manera. Incluso Carmen le dedicó una mirada que parecía contener cierta simpatía. Gloria se mostró satisfecha sin más y otros la felicitaron directamente por haber sabido gestionar ese proyecto. Algunos manifestaron su entusiasmo sin tapujos, como Susana o Carlos, que le dejó caer, casi como si fuera por accidente, que tal vez podrían comentarlo un día con más tranquilidad fuera del instituto.

¿La estaba invitando a salir?

No había dicho nada claro, solo fue una indirecta sutil que se podía interpretar de muchas maneras. María odiaba no saber cómo descifrar los códigos de esas situaciones.

Mientras pensaba en ello, los profesores empezaron a salir de la sala para acudir a sus clases y ella se quedó un poco atrás con la esperanza de que Carlos también lo hiciera y pudieran aclarar eso de «hablar con más tranquilidad».

Sin embargo, él se limitó a salir con los demás sin tan siquiera mirarla. ¿Estaba malinterpretando lo que era solo cortesía profesional?

–¡Mierda! –dijo en voz alta cuando ya recogía su carpeta para acudir a la tutoría extraordinaria del proyecto con el grupo B.

Entonces, se dio cuenta de que en la sala quedaba alguien más y que era muy posible que la hubiera oído. Levantó la mirada y se encontró con la del conserje, que le lanzaba una expresión reprobatoria, la misma que les dirigía a los chicos que soltaban palabrotas en los pasillos del instituto.

Todo el mundo sabía que Nesi tenía una especie de cruzada contra cualquier palabra malsonante, lo que conllevaba que algunos de los alumnos, cuando tenían ganas de molestarlo, se pusieran a gritar alguna animalada para salir corriendo después.

–Perdón –fue lo único que se atrevió a decir.

Salió contrariada y a toda velocidad y por eso ni se dio cuenta de que la esperaba Nabiha con rostro serio, así que la chica tuvo que seguirla hasta atraparla ya casi en el vestíbulo principal. Allí le explicó que una representación del grupo seis la estuvo esperando a la salida del instituto el día anterior. Se los encontró cuando ella salía hablando con sus amigas y camino de su casa.

–Llevaban un cuaderno de notas y empezaron a preguntarme cosas sobre la ruta que seguimos mi madre y yo, los problemas que nos encontramos, si tuvimos que caminar mucho o si en el campo de refugiados teníamos colchones limpios. Mis amigas flipaban...

María se imaginó la escena y tuvo que contenerse para no sonreír, porque eso demostraba que sus alumnos tenían mucho interés en hacer bien su parte del trabajo, hasta el punto de tomar la iniciativa de ir al encuentro de la hermana de su compañero.

–Creo que quedamos en que a mí me dejarían al margen, ¿no?

–Lo siento –se disculpó María, que entendía que la situación debió de ser embarazosa para ella.

Ya de por sí, los adolescentes acostumbraban a encontrar incómodas muchas cosas que no lo parecerían a otras personas en etapas diferentes de la vida. Que un grupo de chicos de trece años tratara de entrevistarla delante de sus amigas era justo lo que ella intentaba evitar.

–¿Les dijiste que no querías hablar de ello? –le preguntó María.

–¡Claro! Pero, entonces, mis amigas empezaron a reírse y a preguntarme de qué iba todo aquello y...

–Vale, vale, lo entiendo. Vuelvo a pedirte perdón por esa intromisión. En parte, es culpa mía, porque no les especifiqué que no debían pedirte nada a ti.

–Pues vaya gracia.

–Lo siento, de verdad.

Entró en la clase que también les habían prestado ese día para poder acabar las presentaciones y vio que Álvaro ya estaba frente a la pizarra esperándola para comenzar.

–Muy bien, escuchadme un momento. Antes de empezar con la presentación del último grupo que nos falta, quiero explicaros algo que debéis saber y que tiene que ver con el respeto a la intimidad de las personas.

Viendo la seriedad de su rostro, adivinaron que algo no iba bien, de manera que Danna hizo la pregunta que todos tenían en la cabeza.

–¿Hemos hecho algo mal?

–Veréis... En realidad, la culpa ha sido mía –respondió tratando de no ser demasiado dura, pero sí firme.

Les explicó la conversación que había tenido con la hermana de Ibrahim mientras este movía la cabeza en sentido negativo. Cuando terminó, Álvaro, el portavoz del grupo afectado, no sabía qué decir, así que apenas balbuceó una disculpa.

–Nosotros... no pensamos...

–Lo sé, lo sé –le respondió María–. Sé, y Nabiha también lo sabe, que no queríais molestarla para nada. Pero se trata de que aprendáis que hay que pensar muy bien las cosas antes de hacerlas. Muchas veces, sin quererlo, acabamos sacando a la luz asuntos que las personas afectadas no quieren que se sepan y eso hay que respetarlo.

Al decir eso, pensó en ella misma hablando con la madre de Julia. O insistiendo al padre de Ibrahim para que pudieran hacer ese trabajo que afectaba claramente a la intimidad de toda su familia. Se preguntaba hasta qué punto no había pasado por encima de su voluntad solo para poder lucirse como profesora.

Ya era un poco tarde para cuestionárselo, pero no quería engañarse y se prometió que, cuando aquello acabara, reflexionaría sobre su manera de comportarse.

Mientras tanto, debía atender a aquellos alumnos que se estaban enfrentando a muchas situaciones nuevas y a información muy dura que tendrían que aprender a digerir correctamente.

También se prometió a sí misma reflexionar sobre eso.

–Es que mi hermana es muy rara –dijo Ibrahim.

–Pues no conoces a la mía –le respondió Luis sonriendo–. Algunas veces se viste como si fuera a salir a la calle solo para hacerse fotos por toda la casa y colgarlas en su Insta.

–Dejemos a las hermanas tranquilas de momento –los interrumpió María, que quería acabar aquello ese mismo día–. Ahora Álvaro hará la presentación de lo que saben ellos de esa ruta que siguieron la madre y la hermana de Ibrahim, así que os pido el máximo silencio.

–Como su hermana no nos quiso decir nada –empezó diciendo aquel chico bajito y rubio con la cara llena de pequeñas pecas–, hemos decidido enseñaros una posible ruta que pudieron seguir.

En la pantalla se proyectó un mapa del sur de Europa y de medio continente africano. Habían marcado dos puntos en rojo: uno en Sudán y otro en Grecia. Álvaro señaló el primero.

–Aquí está Kutum, el pueblo de la familia de Ibrahim, en la parte sudeste de Sudán –dijo después de consultar un pequeño papel que tenía en la mano.

Después señaló el otro punto en Grecia.

–Esto es el río Evros, que nace en Bulgaria y acaba en el mar Egeo. Algunos lo llaman río Maritsa. Lo hemos marcado porque también es la frontera entre Turquía y Grecia, es decir, entre África y Europa, y hemos leído que muchísimos inmigrantes entran por allí.

En ese momento tocó la pizarra y apareció una ruta larguísima que unía los dos puntos rojos bordeando el Mediterráneo.

–Lo que suponemos es que, para llegar hasta aquí, ellas tuvieron que pasar por muchos países como Egipto, Jordania, Siria o Israel, tal vez incluso Líbano, hasta llegar a Turquía, desde donde pasaron a Grecia, aunque no sabemos en qué campo estuvieron retenidas tanto tiempo.

–Esta mañana se lo he preguntado a mi madre y me ha dicho que estuvieron en uno que hay en la isla de Samos, que es una de las muchas que hay entre Grecia y Turquía pero que ya son de Europa –intervino Ibrahim.

–Vale. Lo que hemos encontrado es que allí hay muchos campos en diferentes islas. Sea como sea, os queríamos enseñar una cosa.

Volvió a tocar la pizarra y en esa larga línea azul que unía los dos puntos del mapa apareció una cifra destacada en color rojo.

–Como veis, el camino tiene unos cinco mil seiscientos kilómetros, que es más o menos la distancia entre Móstoles y el Polo Norte en línea recta.

–¡Ala! –intervino Óscar–. ¿Y lo hicieron andando?

Ibrahim les respondió encogiéndose de hombros.

–Por lo que me han contado, que no es mucho, hubo un poco de todo, aunque sí que caminaron mucho. Como llevaban algo de dinero, pudieron coger algún tren y también autobuses, pero una buena parte de ese camino lo hicieron a pie.

–¡Por eso tardaron tanto! –intervino Luis.

–Bueno, en realidad, llegaron a Grecia en ocho o nueve meses, pero luego estuvieron retenidas en ese campo y en otros más de un año hasta que conseguimos que las trajeran a España.

En los siguientes minutos, Álvaro acabó de explicarles lo que habían averiguado sobre las personas que huían de diversos países en conflicto o por pobreza y trataban desesperadamente de llegar donde ellos creían que tendrían más posibilidades de prosperar... o de sobrevivir sin más.

Proyectaron muchas imágenes de personas haciendo largas caminatas en busca de ese sueño. Algunas eran terribles y otras, más relajadas. En ocasiones, se mezclaron caravanas de personas que intentaban entrar en Europa con otras de inmigrantes centroamericanos que luchaban por llegar a los Estados Unidos. No importaba, porque la lucha y las esperanzas eran siempre las mismas.

–Pan y oportunidades –lo resumió Ibrahim de manera genial cuando le preguntaron qué buscaban cuando pensaron en venir hasta aquí.

Pasados unos minutos, terminaron la presentación y María dio por concluido el proyecto, asegurándoles dos cosas que esperaba que nunca olvidaran.

–No creo que nunca llegue a sentirme más orgullosa de unos alumnos.

Eso hizo que se felicitaran unos a otros: los chicos, dándose pequeños golpes en la espalda o en los hombros, y las chicas, con abrazos o sonrisas cómplices.

–Todos vosotros habéis hecho un trabajo que no ha sido fácil porque os ha tocado escarbar en algunas de las peores contradicciones y miserias que tenemos como sociedad, pero os enfrentasteis a ello con valentía y también con una sensibilidad increíbles. Solo puedo felicitaros y daros las gracias.

Una atronadora ovación volvió a recorrer pasillos y aulas del instituto. Los profesores que lo escucharon ya no se sorprendieron porque sabían de dónde venía y cuál era su causa.

Incluso algunos detuvieron sus clases para explicárselo a sus propios alumnos, fueran de primero de la ESO o del último curso de Bachillerato.

–Por último... –dijo María cuando consiguió calmar las muestras de entusiasmo–, solo puedo dar las gracias a Ibrahim por permitirnos entrar en su propia historia y descubrir qué gran persona es y lo fuerte que son todos en su familia.

Antes de que volvieran a aplaudir, pasó a las informaciones prácticas.

–Como ya os expliqué el primer día, a pesar de que los trabajos han sido colectivos, las evaluaciones serán individuales, así que cada uno de vosotros tendrá una nota que se añadirá a la de los exámenes que ya hicisteis a finales de noviembre.

–¿Cuándo sabremos la nota? –preguntó Julia.

–Bueno, ya sabéis que el boletín os lo daremos el último día del trimestre antes de empezar las vacaciones de Navidad, que es la semana que viene.

Eso desató muchos comentarios, pero María no había terminado.

–Nos quedan todavía veinte minutos de tutoría, así que los vamos a aprovechar para hablar de temas que hayan quedado pendientes de vuestros trabajos si queréis.

Cuando sonó el timbre, todavía le estaban dando vueltas a algunos datos que no habían cuadrado del todo o a fuentes de información que no resultaron demasiado fiables.

Salieron en desbandada hacia el patio y, aunque María buscó a Ibrahim porque quería contarle lo de su hermana con calma, este ya había salido a jugar con sus amigos.

Recogió y ordenó un poco el aula y salió camino de la sala de profesores, quería explicarles a todos cómo había ido el último día del proyecto. También quería repetirles su agradecimiento por haber confiado en ella para llevarlo a cabo, aunque algunos siempre se hubieran mostrado en contra.

En el pasillo se encontró con la directora, que se mostraba algo apurada y le pidió que la acompañara al lavabo.

–¿Perdona? –le dijo María sorprendida.

–Tengo que ir al lavabo porque me he tomado dos tés seguidos y estoy que no me aguanto. En cuanto vuelva a mi despacho, empezará a sonar el teléfono o alguno de tus compañeros vendrá a pedirme días extras de vacaciones o un nuevo ordenador para su clase, así que lo que quieras contarme tendrá que ser mientras yo me ocupo de mi vejiga.

–¿Qué te hace pensar que quiero explicarte algo?

Ella se giró y la miró sin decir nada. María entendió que Gloria llevaba el tiempo suficiente en la enseñanza como para detectar a una profesora novata en apuros con su conciencia.

Entraron y comprobaron que estaban solas. En cuanto la directora se metió en uno de los habitáculos, María le contó algunas de las reflexiones que le rondaban por la cabeza sobre si había utilizado a Ibrahim y su historia para su propio fin profesional.

Tuvo que levantar algo la voz porque el ruido que le llegaba de donde Gloria estaba a lo suyo no le permitía hablar en tono normal.

–¡Perdona! –le dijo ella disculpándose.

–No te preocupes, vivo en un piso compartido, así que no hay secretos de la naturaleza humana que no conozca de sobra –le respondió María sonriendo.

En cuanto salió, y mientras se lavaba las manos, Gloria la miró a través del espejo.

–Una de las cosas que más me gustan y que también odio de los que sois jóvenes es vuestra capacidad de ver el mundo en blanco o negro. Para vosotros, las cosas son buenas o son malas… Ya sé que estoy simplificando, claro, pero en el fondo hay algo de verdad.

–¿Y eso qué tiene que ver con Ibrahim y su familia?

–Pues que tú tienes razón y a la vez no la tienes.

–Pues vamos bien –le respondió María frunciendo el ceño.

Gloria terminó de lavarse las manos concienzudamente y procedió a secárselas con un pañuelo que extrajo del bolsillo de su pantalón. Mientras lo hacía, iba hablando, esta vez con más suavidad.

–Poner a Ibrahim en el centro del foco pudo haber sido un error, no te digo que no…

–Pero tú no me dijiste nada en contra –la cortó María.

–¿Lo hiciste tú con tus alumnos cuando tomaron sus decisiones?

–Vale.

–Pues eso. Pudo haber sido un problema, pero no lo ha sido. Es cierto que a su hermana eso la ha tenido preocupada y también a su madre…

–¿Cómo sabes…?

–Vino a verme el mismo día que tú fuiste a su casa. Ella y yo nos conocemos de antes.

María se quedó muda por la sorpresa.

–Esa familia, todos ellos, empezando por el padre, han sufrido lo que no está escrito. Lo que pudiera contarte Ibrahim, o lo que hayan descubierto tus alumnos sobre lo que pasa en esos viajes del infierno, ni siquiera se acerca a la más cruda realidad, te lo aseguro.

A María le resultó muy curioso que se refiriera a ese viaje en los mismos términos que lo había hecho su alumno al inicio de ese proyecto.

–Pero no importa lo que les pasó, sino qué se puede hacer para que sus heridas dejen de supurar y empiecen a cicatrizar. Eso es lo único que importa. Tu proyecto ha sido la pomada que necesitaban para empezar a sanar.

–Explícamelo con más detalle, por favor.

–No puedo hacer eso. Lo que se dice en confianza debe quedar así, pero has hecho un trabajo estupendo y debes estar tranquila.

María se moría de ganas de seguir preguntando, pero empezaba a conocer a esa mujer y sabía que era muy resistente a cualquier tipo de presión.

Además, en el pasillo se oían voces de niños que no deberían estar allí, ya que era la hora del patio. Gloria salió a tratar de averiguar lo que sucedía y, literalmente, chocó con Julia que, acompañada de Danna, entraban en el lavabo. Afuera, algo alejados, las esperaban Kevin y Luis.

–¡¿Qué demonios...?! –empezó a decir la directora tras el encontronazo.

Las chicas ni la miraron porque se dirigieron directas hacia María. Parecían muy excitadas, de manera que les costaba un poco hablar con coherencia, ya que lo hacían las dos a la vez.

María trató de calmarlas y miró a Gloria, que movió la cabeza con resignación y se marchó sin decir nada más.

–Vamos a ver, respirad profundamente sin decir nada, por favor. Venga, una inspiración... dos...

Cuando llegaron a las cinco, les preguntó a qué venía aquella visita en el lavabo y, entonces, Julia le dijo que habían estado hablando en el patio sobre el proyecto y tenían una gran idea.

Mientras María las miraba con incredulidad y se lavaba también las manos con ese jabón barato que Nesi compraba en un supermercado del barrio, le explicaron lo que habían pensado.

En la puerta asomaban la nariz los dos chicos, que no se atrevían a entrar a pesar de que les habían dicho que no había nadie más allí.

–¡Madre mía! –fue lo único que pudo decir la profesora al escuchar la idea.

La nota final

El salón de actos del instituto estaba lleno a rebosar. Todos los alumnos de la ESO, desde primero hasta cuarto, estaban allí; y una buena representación del profesorado.

Estaba María, evidentemente, pero también Carlos, Susana o Ramón en su función de jefe de estudios. Todos ellos habían colaborado en el proyecto y no podían faltar. Algunos que habían formado parte se disculparon por tener clase en Bachillerato u otros compromisos. Una de ellas fue Gloria, que justo ese día tenía una reunión en la Consejería de Educación. Antes de irse, le transmitió que no le había sido posible cambiar la reunión porque involucraba a muchos centros, pero que le sabía muy mal perderse ese acontecimiento.

Dentro de la sala, las primeras filas estaban ocupadas por los alumnos del grupo B de segundo, todos bastante nerviosos y agitados. María intentaba que se estuvieran quietos en sus asientos, pero eso era casi misión imposible. También en esa primera línea había algunos lugares reservados para el profesorado, a pesar de que seguramente no iban a estar sentados, sino más bien paseando arriba y abajo tratando de que todo el mundo prestara atención al acto que estaba a punto de empezar.

Se trataba de un salón de actos bastante moderno, porque el instituto lo había remodelado hacía apenas tres años y lo hicieron con la idea de diseñar un espacio que se pudiera utilizar para diferentes actividades, ya fuera dentro del horario escolar o para extraescolares. Incluso la asociación de vecinos del barrio lo había utilizado alguna vez para alguna asamblea, ya que el centro siempre había querido mostrarse abierto al resto de ciudadanos de su entorno. Precisamente por eso, las sillas no estaban fijadas en el suelo, para que pudieran moverse y distribuirse de la manera que más se adecuara a cada actividad. El escenario no era muy grande, pero permitía poner un par de mesas alargadas si hacía falta o dejarlo como estaba en ese momento, solo con un pequeño atril y un micrófono.

Hacia allí se dirigía Ramón, quien, como jefe de estudios y ante la ausencia de Gloria, abriría el acto. Al subir, algunos alumnos traviesos intentaron ponerse a aplaudir, pero enseguida los acallaron.

–Buenos días. Bienvenidos y gracias por asistir hoy a este acto. Ya sé que los alumnos no teníais muchas opciones porque es horario escolar –les dijo bromeando–. De todas maneras, estoy seguro de que valdrá la pena.

Se escucharon algunos rumores, pero enseguida se hizo de nuevo el silencio.

–Este centro ha apostado siempre por las nuevas maneras de educar y, por eso, en cuanto se planteó la idea de hacer una prueba de un trabajo por proyectos, todo el profesorado estuvo dispuesto a convertirlo en una realidad.

María y Carlos se miraron y sonrieron porque ambos sabían el escepticismo que hubo por parte de algunos de sus compañeros que ahora estaban allí presentes sonriendo. Como se dice a menudo, «el éxito tiene muchos padres» y no había duda alguna de que aquella experiencia había sido exitosa en muchos aspectos, no solo en el puramente educativo o metodológico.

Durante unos minutos más, el jefe de estudios habló sobre los valores de la educación y la necesidad de trabajar la diversidad. Sin duda, aquellas eran palabras que debían decirse en un acto así, pero los más inquietos empezaron a aburrirse y lo mostraban moviendo el culo en la silla o haciendo ruidos.

Por suerte, Ramón era un profesor experimentado y no tardó en acabar su pequeño discurso.

–Hoy estamos muy contentos de mostraros el fantástico proyecto en el que han trabajado los alumnos de segundo B. Y, para explicároslo mejor, os dejo con su tutora, María García, que ha sido la impulsora de esta iniciativa.

Cuando Ramón bajó del escenario, María se dirigió al atril sonriendo al escuchar los aplausos entusiastas, y un poco exagerados, de sus alumnos. Se sentía contenta y orgullosa del trabajo y de lo que iba a suceder a continuación.

Cuando consiguió acallar a todo el mundo, hizo un nuevo elogio del sistema de trabajar por proyectos y se centró en explicar la razón de que todos ellos estuvieran en ese salón de actos.

–Seguramente muchos ya conocéis el trabajo que vuestros compañeros y compañeras de segundo B han estado haciendo sobre el viaje de Ibrahim y su familia. Ellos vinieron hace unos años desde el Sudán, dejando atrás todo lo que conocían y haciendo una travesía de miles de kilómetros por desierto y por mar. No os cuento mucho más porque serán ellos quienes os lo explica rán. Ha sido una experiencia fantástica trabajar, también con otros profesores, sobre algunas cosas que a menudo desconocemos y que tenemos muy cerca. Hablamos de personas como Ibrahim y su familia, a quienes todos apreciamos, pero que hasta ahora no nos habíamos preguntado cómo es que los tenemos hoy entre nosotros. Pues bien, vuestros compañeros lo han averiguado y han hecho un trabajo brillante que ahora os presentarán.

Nuevos aplausos hasta que se volvieron a calmar.

–El proyecto lo presentaron hace unos días en clase. Pero..., y aquí es donde podemos apreciar qué valores tienen nuestros alumnos, algunos de ellos pensaron que aquel viaje era tan especial que valía la pena hacer algo que fuera también excepcional. Y me pidieron poder mostrarlo a todo el instituto para que conocierais algunas de las cosas que ellos habían averiguado y que suceden muy cerca de nuestras casas, aunque muchas veces ni nos demos cuenta.

Hizo una nueva pausa y miró a Julia, que sería la primera en intervenir. Parecía un poco nerviosa, pero aguantaba el tipo, como era de esperar. Le sonrió para trasmitirle confianza.

Decidió que ya era momento de ceder el protagonismo a quien tocaba realmente: a los chicos y chicas que habían propuesto compartir aquella experiencia colectiva que prometía ser bastante emocionante.

Le hizo un gesto invitándola a empezar y Julia subió y se acercó al atril mientras María bajaba el micrófono para que le quedara a su altura.

–Buenos días a todo el mundo –dijo con su viveza habitual–. Ahora os explicaremos el proyecto que hemos titulado *El Gran Viaje*, pero antes quiero pedir a Ibrahim, que es el protagonista de nuestra historia, que suba aquí y que se quede hasta el final. Todos los que hemos trabajado en este proyecto os explicaremos algo del trabajo, aunque había algunos que no querían hablar, y menos aquí arriba... ¿Verdad, Nelson?

Todo el mundo rio al ver como Julia conseguía que su compañero enrojeciera y tratara de hundirse más en su silla. María se sintió muy bien porque comprobó cómo había recuperado su vivacidad habitual y se le pasó por la cabeza la imagen de su madre, de sus ojeras y de su cansancio vital.

–Decidimos trabajar en este viaje porque nos pareció increíble todo lo que tuvieron que pasar Ibrahim y su familia para poder venir a vivir a nuestra ciudad. Ellos no querían irse de su casa, pero la guerra que había en Sudán les obligó a hacerlo. Tuvieron que dejar abandonados a todos sus animales, incluido su perro Ka, que era el que más le gustaba a Ibrahim.

–¿De qué raza era? –gritó alguien desde las últimas filas.

Nuevas risas mientras Ibrahim se acercaba al micro para responder.

–Solo era un perro.

Julia, que no quería que se le desordenaran las ideas, volvió al guion que habían estado trabajando los últimos días de tutoría.

–Como todo lo que encontramos nos pareció que era muy importante que se supiera, cuando acabamos nuestro trabajo e hicimos las presentaciones en clase lo hablamos entre nosotros y decidimos pedirle a nuestra tutora, María, si sería posible explicaros lo que hemos ido descubriendo. Nos dividieron en seis grupos y os hablaremos así de las diferentes etapas de este viaje.

Mientras tanto, la pantalla que siempre estaba recogida en el techo de la sala empezó a bajar despacio. Julia la señaló.

–Pasaremos en la pantalla las imágenes y los mapas que encontramos y así podréis ir siguiendo mejor lo que explicamos. Creo que ya podemos empezar.

Entonces, María, que se había sentado en la primera fila, muy cerca del escenario y el atril, le dijo algo en voz baja mientras señalaba con la mano hacia el otro lado de la sala. Julia volvió a acercarse al micrófono.

–Perdón, me he olvidado de una cosa muy importante que os explicará Ibrahim.

Él sonrió y se situó en el atril mientras Julia dio un paso al lado.

–Yo quiero decir solo dos cosas... Bueno, después hablaré también un rato.

Hizo una pausa de unos segundos mientras miraba toda la sala llena con sus compañeros. Nunca se habría imaginado, cuando salió de Kutum sin nada en las manos, que llegaría un día así, y podía sentir cómo se le hinchaba el pecho de felicidad. Durante un segundo, se le aparecieron delante las altas dunas del desierto, cuando llegó a creer que no conseguirían llegar a ninguna parte, o las grandes olas del mar, que pensó que se lo tragarían como habían hecho con miles de personas en los últimos años.

Entonces, con su castellano casi perfecto, porque lo estudió y practicó mucho cuando llegaron a esta tierra que los acogía, empezó a hablar.

–Antes que nada, quiero dar las gracias a todos mis compañeros de segundo B que decidieron escuchar las cosas que vi y pasé en aquel viaje desde mi casa de entonces hasta la que es mi casa de ahora.

Miró hacia las primeras filas y les dijo directamente:

–Gracias por escucharme y por quererme tanto. Nunca en mi vida me he sentido así, como si tuviera una familia muy grande y muchos hermanos y hermanas, que sois vosotros. Dentro de unos años ya no vendremos a este instituto y quizá no nos veremos más; aun así, pensaré siempre en este grupo y rezaré por vosotros todos los días.

Recibió un aplauso muy grande y sentido y a algunos de los profesores les costó disimular la emoción que sentían al verlo allí; especialmente a María, quien, previendo lo que podía pasar, había cogido un par de paquetes de pañuelos.

Cuando volvió a hacerse el silencio, Ibrahim miró hacia la primera fila del lado derecho de la sala. Allí estaban su padre, Amid, su madre, Zaima, y su hermana mayor, Nabiha, que pronto empezaría la aventura en la Facultad de Veterinaria.

Y miró directamente a María para darle las gracias sin palabras por ayudar a que aquel acto fuera posible. Aquellos días, desde que sus compañeros tomaron la decisión de presentar el proyecto a todo el centro, habían sido una especie de locura.

Cuando lo hablaron con María, surgió la idea de invitar a las personas que habían acompañado a Ibrahim en aquella aventura.

En primer lugar, a su padre, que hizo el mismo trayecto que Ibrahim y lo ayudó y lo cuidó. También a su madre y a su hermana, quienes hicieron un viaje diferente y muy duro por Turquía y por Grecia y pasaron muchos meses en un campo de refugiados de donde parecía que nunca podrían salir. Precisamente, cuando Ibrahim les explicó cómo fue el reencuentro con ellas, casi dos años después de separarse, algunos compañeros y compañeras lo abrazaron. Fue un momento único en el que todos dejaron salir los sentimientos que habían experimentado haciendo aquel intenso trabajo.

Ahora en el escenario, Ibrahim recordaba muchos momentos difíciles del viaje, cuando llegaron a creer que nunca más se reencontrarían los cuatro.

–Mi padre es una persona muy valiente. Gracias a él pude seguir el viaje cuando estaba asustado o muy cansado. En el desierto, a veces me cargaba a caballo para que no nos quedáramos atrás del resto del grupo. En la prisión se peleó con unas personas que nos querían quitar la comida y me defendió siempre cuando alguien quería hacerme algo malo.

En la primera fila, Amid trataba de contener unas lágrimas que luchaban por liberarse y caer al vacío. Pero no eran lágrimas de pena al recordar todo lo que tuvieron que pasar juntos, sino que eran de orgullo al ver a su hijo allí arriba explicando todo aquello a sus compañeros, que lo escuchaban en silencio. A su lado, Zaima se mantenía serena, mientras que Nabiha no dejaba de sonreír.

María recordó cuando los fue a visitar por segunda vez y les explicó que querían invitarlos a la presentación de ese trabajo. Al principio se mostraron muy reacios a asistir, pero Zaima se mostró inflexible y les dijo que era su obligación apoyar a Ibrahim. Aunque no le dieron una respuesta directa ese mismo día, cuando salió de aquel pequeño piso María estaba segura de que asistirían al acto.

–Mi madre y mi hermana fueron muy valientes. No me han explicado todos los detalles de su viaje, pero pensad que tuvieron que atravesar países como Egipto, Jordania, Siria y Turquía antes de llegar a Europa. Y en muchos de ellos no las querían, ni tampoco las dejaban seguir. También pasaron hambre. Al final, llegaron a Grecia, donde pensaban que ya todo sería diferente porque aquello era la puerta de Europa.

Hizo una pausa y casi se podía escuchar el zumbido que hacían los focos de luz de tanto silencio que había.

–Pero Europa tampoco las quería, no las dejaron pasar y estuvieron muchos meses en un campo peor que el nuestro, lleno de gente desesperada que solo quería vivir tranquilamente en una nueva casa e ir a la escuela o a trabajar, como hacemos ahora todos nosotros.

–¡Qué valientes! –se escuchó que alguien gritaba desde la segunda fila.

Había sido Danna, que no había podido resistirse. Y entonces, con aquel grito, se desató un entusiasmo compartido y todo el mundo las aplaudió y ellas se tuvieron que poner de pie y saludar, con lo que Nabiha se moría de vergüenza. Entonces, Ibrahim les pidió que subieran con él al escenario, y luego a su padre, de manera que durante unos largos segundos toda la familia estuvo allí de pie mientras alumnos y profesores del instituto Emperador Carlos de Móstoles aplaudían, gritaba o silbaban.

Todo el mundo parecía feliz en aquel instante mágico e irrepetible.

También Ibrahim, mientras sentía en su corazón que su familia estaba donde tenía que estar: en un nuevo hogar.

Cuando todo se calmó, cosa que no fue fácil, empezaron las exposiciones por parte de los diferentes grupos. Por el escenario, de forma ordenada, como habían ensayado, fueron pasando los alumnos, quienes explicaron y documentaron los itinerarios y el resto de datos que habían podido encontrar haciendo aquel proyecto.

A algunos les costó un poco hablar, como a Nelson, Sara o Guillermo; pero otros no tuvieron ningún problema al explicarse como si estuvieran en un congreso. Ibrahim, una vez que su familia volvió a sus asientos, permaneció en el escenario haciendo aportaciones sobre algunas cosas que él sentía en diferentes momentos del viaje.

Cuando en la enorme pantalla apareció el mapa de las estrellas que se veían en medio del mar, los profesores, que estaban avisados, apagaron las luces de la sala.

Una expresión de sorpresa y admiración recorrió las filas.

–¡Ooooooh!

Una vez más, el momento fue mágico.

Un mar de estrellas.

Cuando le tocó hablar al grupo de Alberto, antes de subir al escenario, se dirigieron a donde estaba sentada Nabiha y acabaron convenciéndola para que los acompañara y puntualizara algunos datos sobre esa parte del viaje que Ibrahim no conocía. Aunque no habló mucho, sí que explicó algunas cosas, lo que, junto con la dura información de los alumnos de segundo, dejó boquiabierto a todo el mundo.

Por último, después de cuarenta minutos de grandes emociones, el acto se dio por terminado. María subió al escenario y pidió un último aplauso para sus alumnos de segundo B, que habían hecho un gran proyecto y, además, habían logrado que todos juntos pasaran un rato muy emotivo e intenso.

Los estudiantes empezaron a salir para volver a sus clases. Muy cerca de la puerta estaba Gloria, que había podido llegar a la parte final del acto. Hablaba con los padres de Ibrahim, mientras que Nabiha era el centro de atención de sus compañeras de Bachillerato. Cuando se disponía a acompañarlos a la salida, Amid se le acercó. Tenía los ojos brillantes y algo rojos.

Solo le dijo una palabra, pero para María fue más que suficiente.

–Gracias.

Los alumnos de segundo B esperaban en sus asientos porque les habían dicho que iban a darles la nota final del proyecto.

–Creo que todos habéis hecho un gran trabajo –les dijo cuando se quedaron solos.

–Ya, vale, pero ¿qué nota nos vas a poner? –le preguntó Sara.

María sonrió, le gustaba que tuvieran las cosas claras.

–¡Mmm! No sé qué hacer –les dijo haciendo ver que se lo tenía que pensar mucho.

–¡Venga! –le reprocharon algunos, aunque medio en broma.

Entonces se puso seria y llamó a Ibrahim a su lado.

–Mirad, creo que lo que habéis hecho ha sido increíble. Es cierto que siempre se puede mejorar y que algunas informaciones las habéis sacado de fuentes no tan fiables como me habría gustado. Aun así, no seré yo quien evaluará vuestro trabajo, sino vuestro amigo y compañero –dijo señalando a Ibrahim, que se tapó la boca con una mano de la sorpresa.

–¡¿Yo?! –preguntó sin acabar de creerse lo que le decían.

–Sí –le dijo María–. No se me ocurre a nadie mejor para hacerlo.

Ibrahim se quedó pensativo un rato y, al fin, habló alto y despacio para que todos lo escucharan.

–No sabéis cómo me habéis hecho sentir de aceptado y querido, y también a mi familia. Creo que cualquier nota que no fuera la más alta sería del todo injusta.

–¿Entonces? –preguntó Julia para que quedara del todo claro.

–¡Un diez! –respondió sonriendo.

–¡Pues un diez para todo el mundo! –confirmó María muy contenta, aunque, de hecho, ella ya había puesto esa nota en los boletines.

Era el último día del trimestre y para todos empezaban las muy esperadas vacaciones de Navidad. Los alumnos estaban excitados y contentos por no tener clase unos días. También los profesores suspiraban por descansar un poco de su ritmo a menudo frenético.

El final de la mañana fue como cabía esperar: caótico, ruidoso y con Nesi regañando a cualquiera que corriera por los pasillos. Por muy último día que fuera, las normas eran las normas.

Cuando los chicos ya se habían marchado a casa, los profesores se reunieron para desearse felices fiestas y tomarse un café con calma. Prácticamente todo el claustro, incluida la directora, felicitó a María por el éxito del proyecto y por haber conseguido implicar tanto a los chicos como al resto del centro.

Poco a poco, la sala se fue vaciando mientras María recogía sus cosas. Allí cerca, Carlos se hacía el remolón esperando a que sus compañeros desaparecieran. Estaba nervioso y no por nada relacionado con su trabajo o las notas trimestrales.

Esperó a que María saliera y, entonces, también se dirigió hacia la puerta. Cuando coincidieron a pie de calle, María le deseó unas felices fiestas, pero él no le respondió.

–¿Te pasa algo conmigo? –le preguntó María.

–Estaba pensando... –dijo él sin acabar la frase.

–¿Qué? –lo apremió porque se estaba poniendo nerviosa.

–El proyecto de Ibrahim, *El Gran Viaje*, ha sido un gran éxito.

María, un poco decepcionada por la respuesta, le dijo que sí, que estaba muy contenta.

Entonces, Carlos se le acercó un poco más y le dijo:

–¿Te apetecería tomar un café conmigo y así lo comentamos?

Ella lo miró muy seria porque no quería caer en esos malentendidos que a menudo no sabía gestionar como tocaba.

–A ver, que yo lo tenga claro. ¿Quieres hablar del proyecto o quieres que tú y yo quedemos fuera del trabajo?

–¿Hay alguna diferencia? –le respondió él sonriendo.

–¡Carlos!

–¡Vale, vale! Lo que intento es quedar contigo. Lo haría aunque trabajaras en una charcutería y tuviéramos que hablar de la mortadela italiana.

Mientras caminaban juntos hacia la cafetería más próxima, ambos se preguntaban si tal vez allí empezaba otro gran viaje para ellos.

Un nuevo viaje

—Hola, chicos. Buenos días. Hoy vamos a hablar de un proyecto en el que trabajaremos este trimestre. Os aseguro que os encantará.

María sabía que siempre que explicaba ese método de trabajo a sus alumnos se generaba una gran expectativa y mucho revuelo. Cambiar de sistema era siempre estresante, tanto para los alumnos como para los profesores. Sin embargo, se había ganado una muy buena reputación en ese campo, por lo que sus compañeros confiaban en ella.

–Antes de que os pongáis a hacer preguntas, escuchad primero y veréis como todo os queda muy claro.

Gracias a la insistencia de la dirección, había conseguido mantenerse tres años en el mismo centro, lo que le había proporcionado la experiencia suficiente como para saber cuándo y cómo debía frenarlos para que aquello no fuera una especie de gallinero.

Además, cuando propuso en el claustro su idea del tema sobre el que trabajarían con la clase de segundo A, obtuvo un apoyo inmediato y prácticamente unánime. Ni siquiera Carmen se atrevió a oponerse.

Solo la nueva directora planteó alguna duda metodológica que, por otro lado, resultaba de lo más lógico teniendo en cuenta que aquel era su primer curso al frente de un instituto público y que apenas conocía a la plantilla de profesores.

Echaba de menos a Gloria y su apoyo firme, a pesar de que entendía que a algunos compañeros sus formas no les resultaran de lo más cómodas. No era el tipo de directora que actúa siempre como si tuviera miedo de ofender a alguien. Ella tenía claras sus decisiones e iba con ellas hasta el final. Justo como hizo con María en su primer año como profesora cuando planteó el proyecto que acabaría con Ibrahim y su familia siendo ovacionados en el salón de actos.

También echaba de menos a ese chico inquieto y sonriente que les había proporcionado una gran experiencia vital compartida. Ni él ni su hermana estaban ya en el instituto. Nabiha acabó Bachillerato, consiguió la nota necesaria para entrar en la Facultad de Veterinaria de la Universidad Complutense y ya no sabía nada de ella. En cuanto a Ibrahim, acabó la ESO con buena nota, pero no quiso acceder al Bachillerato porque su prioridad era entrar lo antes posible en el mercado laboral, entre otras cosas, para ayudar económicamente a su familia. No tuvo muchas dudas a la hora de escoger y empezó un Grado Medio de Cocina y Gastronomía.

–Con lo que me gusta a mí comer, seguro que lo acabo en menos de dos años. ¡Ja, ja, ja! –le dijo justo el día que acababa el curso.

Habían seguido en contacto mientras estuvo en tercero y cuarto de la ESO, porque entre ambos se había construido una relación especial después de su proyecto. También con su familia, a la que María habido seguido visitando a pesar de que ya no tenía responsabilidad docente sobre ninguno de los dos chicos.

Echaba de menos a esa clase de segundo B que la había ayudado mucho a ganar confianza como profesora justo cuando empezaba su carrera profesional.

Pero aquello era el pasado y ahora tocaba centrarse en explicarles a sus nuevos alumnos lo que iban a tener que hacer en las siguientes semanas para conseguir un buen resultado con el proyecto. Ya había hecho otros dos, además del gran viaje de Ibrahim, y todos funcionaron muy bien... Sin embargo, ninguno generó la participación y las emociones del primero.

Algunas veces, cuando era de noche y no estaba en la ciudad, miraba al cielo y pensaba en ese mar de estrellas que tanto les habían impresionado.

–Bueno, pues ahora os toca saber cuál va a ser el tema sobre el que vamos a trabajar –les dijo después de explicarles cómo iban a organizarse en grupos y distribuirlos de forma más o menos equitativa.

En cada uno de ellos había el mismo número de chicos que de chicas y un cierto equilibrio entre los más espabilados y los más remolones.

Respondió a las preguntas que fueron apareciendo y consiguió que quedaran más o menos satisfechos con las respuestas.

–A esa edad, son como peces ultranegros, una evolución de los dragones del Pacífico –le había dicho Carlos una vez.

–¿Cómo?

–En 2020 descubrieron que uno de esos peces que viven en las profundidades es capaz de absorber más del noventa y nueve por ciento de la luz que les llega.

–¿Y?

–Pues que tus alumnos hacen lo mismo que ese pez: absorben casi todo lo que aprenden. Incluso más todavía cuando tienen delante una luz como tú.

Echaba de menos a Carlos, mucho. Siempre la sorprendía con algún dato que leía en alguna parte y lo retenía hasta que lo podía soltar en una conversación.

–¿Cómo puedes tener tiempo de leer esas cosas? –le preguntaba a menudo.

–Mi cerebro necesita alimento.

Siempre se podía contar con él cuando algo no iba bien, fuera en el trabajo o en la vida privada.

Hasta que lo que no fue bien fue precisamente su relación y no encontraron el remedio en ningún artículo de prensa ni en internet.

Cuando él tuvo que dejar el instituto de Móstoles, las cosas empezaron a torcerse sin saber muy bien la razón. Lo cierto es que los planes de empezar una vida juntos se fueron aplazando y la realidad se fue imponiendo.

Seguían siendo buenos amigos, pero María se sentía incómoda cuando lo veía en alguna reunión o se lo encontraba en algún curso formativo de profesores. Sin embargo, así eran las relaciones: algunas funcionaban y otras no, y era absurdo aferrarse a las que no lo hacían.

–La vida debe seguir su curso, y nosotros, seguir con la vida.

Eso fue lo que le dijo Zaima cuando se despidieron porque la familia se iba a vivir a Leganés, ya que el contrato de alquiler de su piso en Móstoles se terminaba y no querían renovárselo. No les habían dado una razón clara, aunque todos sabían cuál era el verdadero motivo.

–Tuvimos que sufrir mucho para llegar hasta aquí, usted lo sabe muy bien –le explicó a María la última vez que se vieron.

Insistían en hablarle de usted a pesar de que ella les había pedido que la tutearan.

–Sí, lo sé gracias a su hijo.

–Pero siguen sin querernos aquí.

–Ya.

No pudo decir nada más porque no era posible justificar esa discriminación oculta que seguía presente ya avanzado casi un cuarto de siglo XXI.

–¿Cuál es el tema? –le pregunto Íngrid, una niña de ojos verdes que le brillaban de curiosidad y de energía.

María sonrió porque, pasara lo que pasara, aquel trabajo le encantaba y eso no iba a cambiar con el tiempo.

Tal vez tuviera épocas mejores y otras que no tanto, en algunos momentos estaría cansada o enfadada, o seguramente su vida privada interferiría en su trabajo: ella no era un robot.

Pero, por mucho tiempo que pasara, por problemas que surgieran, nada podía evitar que una mirada limpia y hambrienta como la de esa niña la impulsara a sacar lo mejor de sí misma.

–Vale, vale, no os pongáis nerviosos. El tema sobre el que vamos a trabajar es...

Cuando lo dijo, algunos aplaudieron espontáneamente y otros se pusieron a hablarlo con sus compañeros.

Fuera como fuera, iban a iniciar un nuevo viaje.

El gran viaje del conocimiento y de la verdad.

Índice

Víctor Panicello

Víctor Panicello es un escritor consolidado en el ámbito de la narrativa juvenil, con más de veinticinco novelas publicadas y diversos premios nacionales e internacionales. Combina con naturalidad la literatura fantástica más intensa con las historias realistas muy cercanas a los jóvenes. Sus libros abordan a menudo temáticas sociales que ayudan a las nuevas generaciones a entender el complejo mundo en el que deben aprender a desarrollar sus propias personalidades. Ha publicado en esta misma colección otros títulos como *Synchronicity* (2019), *Lo que el río lleva* (2021) o *Laberinto* (2015), novela premiada en Estados Unidos.

Bambú Exit

Ana y la Sibila
Antonio Sánchez-Escalonilla

El libro azul
Lluís Prats

La canción de Shao Li
Marisol Ortiz de Zárate

La tuneladora
Fernando Lalana

El asunto Galindo
Fernando Lalana

El último muerto
Fernando Lalana

Amsterdam Solitaire
Fernando Lalana

Tigre, tigre
Lynne Reid Banks

Un día de trigo
Anna Cabeza

Cantan los gallos
Marisol Ortiz de Zárate

Ciudad de huérfanos
Avi

13 perros
Fernando Lalana

Nunca más
Fernando Lalana
José M.ª Almárcegui

No es invisible
Marcus Sedgwick

Las aventuras de George Macallan. Una bala perdida
Fernando Lalana

Big Game (Caza mayor)
Dan Smith

Las aventuras de George Macallan. Kansas City
Fernando Lalana

La artillería de Mr. Smith
Damián Montes

El matarife
Fernando Lalana

El hermano del tiempo
Miguel Sandín

El árbol de las mentiras
Frances Hardinge

Escartín en Lima
Fernando Lalana

Chatarra
Pádraig Kenny

La canción del cuco
Frances Hardinge

Atrapado en mi burbuja
Stewart Foster

El silencio de la rana
Miguel Sandín

13 perros y medio
Fernando Lalana

La guerra de los botones
Avi

Synchronicity
Víctor Panicello

La luz de las profundidades
Frances Hardinge

Los del medio
Kirsty Appelbaum

La última grulla de papel
Kerry Drewery

Lo que el río lleva
Víctor Panicello

Disidentes
Rosa Huertas

El chico del periódico
Vince Vawter

Ohio
Àngel Burgas

Theodosia y las Serpientes del Caos
R. L. LaFevers

La flor perdida del chamán de K
Davide Morosinotto

Theodosia y el báculo de Osiris
R. L. LaFevers

Julia y el tiburón
Kiran Millwood Hargrave
Tom de Freston

Mientras crezcan los limoneros
Zoulfa Katouh

Tras la pista del ruiseñor
Sarah Ann Juckes

El destramador de maldiciones
Frances Hardinge

Theodosia y los Ojos de Horus
R. L. LaFevers

Ánima negra
Elisenda Roca

Disidente y perseguido
Joe F. Daniels

El gran viaje
Víctor Panicello

Los cuentos de Lesbos
Àngel Burgas

Un detective improbable
Fernando Lalana